Arena-Taschenbuch
Band 1851

Walter Wippersberg,
1945 geboren, ist ordentlicher Professor an der Wiener Filmhochschule.
Er hat sowohl Bücher für Erwachsene wie auch Kinder- und Jugendbücher veröffentlicht und erhielt zahlreiche Auszeichnungen, u. a. mehrfach die Österreichischen Staatspreise für Kinder- und Jugendliteratur.

Walter Wippersberg

Ein Winter mit Piraten

Mit Bildern von
Susann Opel-Götz

Arena

Die Deutsche Bibliothek – CIP-Einheitsaufnahme

Wippersberg, Walter J. M.:
Ein Winter mit Piraten / Walter Wippersberg.
–1. Aufl. - Würzburg: Arena, 1996
(Arena-Taschenbuch; Bd. 1851)
ISBN 3-401-01851-5
NE: GT

1. Auflage als Arena-Taschenbuch 1996
Lizenzausgabe des Verlags Nagel & Kimche, Zürich/Frauenfeld

Reihenkonzeption: Karl Müller-Bussdorf
Umschlagillustration: Dorothea Tust
Innenillustrationen: Susann Opel-Götz
Gesamtherstellung: Westermann Druck Zwickau GmbH
ISSN 0518-4002
ISBN 3-401-01851-5

Erstes Kapitel

Sie kamen in einer stürmischen Novembernacht.
Die Brecher donnerten an die Kaimauer, der Westwind zerrte und rüttelte am Haus und ließ mich zuerst lange nicht einschlafen. Dann weckte mich ein heftiges Klopfen an der Haustür gleich wieder. »Aufstehen! Zwei ehrliche Seeräuber suchen ein Bett für die Nacht!«
»Wir haben den Winter über geschlossen«, hörte ich meinen Vater rufen, aber das Klopfen an der Tür verstummte nicht.
Da ging mein Vater hinunter in die Halle und ließ die beiden Fremden herein.
Warum er das tat, weiß ich bis heute nicht.
»Die beiden wollen nichts weiter als ein Bett«, sagte Papa beim Frühstück. »Sie werden auswärts essen, wir haben so gut wie keine Arbeit mit ihnen.«
Nie vorher, so weit ich mich zurückerinnern kann, hatte Papa im November noch ein Zimmer vermietet. Das Sommerhalbjahr über ist unser Hotel bis unters Dach voll mit Fremden, die ihre zwei oder drei Wochen Urlaub am Strand verbringen wollen. Im September schon fängt mein Vater zu stöhnen an: »Wenn sie alle bloß wieder weg wären!« Spätestens Mitte Oktober sind sie dann abgereist, auch die Kellner und Zimmermädchen, der Koch und der Portier, und wir haben das Haus für uns allein.

»Mein Gott, diese Ruhe!« stöhnt Papa dann.
»Diese herrliche, göttliche Ruhe!« pflichtet ihm die Mama stets bei.
Leute, die das Meer auch im Winterhalbjahr schön fanden und sich deshalb bei uns einquartieren wollten, wies Papa unerbittlich ab. Nun hatte er zum ersten Mal eine Ausnahme gemacht.
Ich bekam die beiden Gäste tagelang nicht zu Gesicht. Aber ich hörte sie, denn sie wohnten im Zimmer genau über mir.

Stundenlang gingen sie da oben auf und ab – und das klang merkwürdig, fast unheimlich.
»Tapp-tock«, so klangen die Schritte des einen. »Tapp-tock, tapp-tock . . .«
Und die Schritte des anderen: »Taps-taps-taps-tock, taps-taps-taps-tock . . .«
Den ganzen lieben langen Tag verbrachten sie in ihrem Zimmer, erst spät am Abend verließen sie das Haus.
Stunden später, meist gegen Mitternacht, kamen sie wieder, dann sangen sie auf der Treppe. Genaugenommen sang immer nur der eine. »Lustig ist das Piratenle-hee-ben«, sang er und andere Lieder, die ich noch von keinem betrunkenen Gast gehört hatte (und wir bekamen den Sommer über viele merkwürdige Lieder von betrunkenen Gästen zu hören).

Von den vielen Strandhotels abgesehen, die jetzt im Winter leerstanden, ist unsere Stadt nicht groß; so blieb nicht lange verborgen, wo unsere beiden Gäste sich jeden Abend betranken: im »Blauen Walfisch«, einer finsteren Kneipe unten am Fischerhafen. Die angebaute Diskothek war, wie die Hotels und die meisten Restaurants, im Winter geschlossen, und in der Wirtsstube saßen um diese Jahreszeit bloß ein paar alte Fischer, die – wie Papa sagte – ihre Tabakspfeifen nur aus dem Mund nahmen, wenn sie einen

Schluck Rum oder Gin nahmen. Falls sie überhaupt redeten, so erzählten sie von den sieben Weltmeeren, die jeder von ihnen – angeblich! – in seinen Jugendjahren befahren hatte.
Aus dem »Blauen Walfisch« kamen denn auch die ersten Gerüchte über unsere Gäste. Mama hörte beim Gemüsehändler davon: Um leibhaftige Piraten handle es sich, und zwar um ganz besonders hinterhältige, hundsgemeine und trinkfeste Piraten.
Der Schrecken der Ozeane seien sie einst gewesen. Manch gutes Kauffahrteischiff hätten sie ausgeraubt und zum Grunde des Meeres hinuntergeschickt. Manch braven Seemann hätten sie über die Klinge springen lassen.
»Ach Quatsch!« lachte mein Vater. »Weißt du, Julia, die Alten, die im ›Blauen Walfisch‹ sitzen, sind doch alle schon ein bißchen gaga. Piraten! Seeräuber! Als ob's so was heutzutage noch gäbe!«
Hart, aber gerecht sei der eine gewesen, den sie nur »Admiral« nannten, so erzählten die Leute. Tapferkeit und besonderen Eifer beim Rauben und Schiffeversenken habe er stets durch einen besonders großen Anteil an der Beute belohnt; Meuterer hingegen habe er unbarmherzig über die Planke laufen lassen . . .
»Was heißt denn das?« fragte ich.
Mama erklärte es mir: »Früher einmal hat man

auf den Schiffen Planken, also Bretter, über die Reling gelegt, darüber mußte ein Verurteilter laufen und ins Meer springen, wo er jämmerlich ersoff.«

»Und wenn er nicht springen wollte?«

»Dann hat ihn wohl einer geschubst oder mit dem Säbel in den Hintern gepikst.«

Der andere, der Begleiter des Admirals, heiße »Captain Cook«, und von ihm erzählte man sich, er habe manche Maus über die Planken laufen lassen.

Manche Maus?

Aber ja. Schließlich war Captain Cook – ein Kater.

Na endlich! Höchste Zeit, daß das einmal erwähnt wird, daß ich ein Kater bin! Sonst könnte ja jemand auf den Gedanken kommen, ich sei ein Mensch oder . . . was weiß ich . . . womöglich ein Hund! Fauch!

So viele merkwürdige Geschichten hörte ich über unsere beiden Gäste, daß ich es kaum erwarten konnte, sie endlich zu sehen. Aber es dauerte lange, bis es mir gelang.

Abendelang wartete ich hinter meiner Zimmertür oder in der Küche, bis ich endlich draußen ihre Schritte hörte: »Tapp-tock, tapp-tock« und: »Taps-taps-taps-tock . . .«

Ich riß die Tür auf und rannte hinaus in den Flur oder in die Halle, aber jedesmal waren die beiden

schon draußen in der finsteren Nacht verschwunden.
Also nahm ich mir vor, ihnen aufzulauern.

Nach einigen Tagen merkte ich, daß sie das Haus jeden Abend kurz nach acht verließen. Ich versteckte mich schon um halb acht in der Halle hinterm Pult, an dem im Sommer der Portier steht. Und ich wartete. Und wartete. Und wartete.
Um dreiviertel acht lief meine Mutter »Julia! Julia!« rufend durchs Haus. Glücklicherweise fand sie mich nicht. So wartete ich weiter. Und wartete. Und wartete.
Dann hörte ich, wie Papa im Wohnzimmer den Fernseher einschaltete: Also war es acht, denn Papa schaltet im Winter den Fernseher immer um acht Uhr ein. Und ich kauerte hinterm Pult. Und wartete.
Fünf nach acht dann das Geräusch der Tür oben im ersten Stock. Und die Schritte auf der Treppe: »Tapp-tock« und »Taps-taps-taps-tock . . .«
Ich wollte einfach hinterm Pult hervorkommen, die Treppe hinaufgehen und höflich »Guten Abend« sagen.
Ich kam auch hervor, ich ging auf die Treppe zu – und brachte kein Wort heraus. So ganz anders, als ich es erwartet hatte, sahen die beiden Gäste aus!

Wie einem alten Buch entstiegen:
Der eine, der der Admiral sein mußte, war groß und breit, er hatte einen struppigen schwarzen Bart, trug einen weiten scharlachroten Rock mit einer blauseidenen Schärpe über dem mächtigen Bauch. Auf dem Kopf saß ein Hut, wie ich noch keinen gesehen hatte . . .
Dreispitz nennt man so was, mein Fräulein!
Das linke Auge des Admirals war unter einer schwarzen Binde versteckt . . .
Quatsch! Das linke Auge gibt's nicht mehr, seit der Admiral vor Madagaskar vom Säbel eines hinterhältigen chinesischen Dschunkenkapitäns getroffen wurde.
Und außerdem hatte der Admiral nur noch ein Bein, das linke. Rechts war die Hose knapp unterm Knie abgeschnitten, und heraus ragte ein Holzbein.
Das ist nicht aus Holz, sondern aus einem Walknochen geschnitzt!
Der andere, der Kater, der Captain Cook hieß, sah aus, wie Kater eben aussehen – bis auf die schwarze Augenklappe, die auch er trug, und bis auf das Holzbein rechts hinten.
Nicht Holz, zum Teufel, sondern Walknochen! Holzbeine tragen nur die gewöhnlichen Matrosen, einem Kapitän steht ein Bein aus Walfischknochen zu.
Wen wundert's, daß ich bei diesem Anblick mein »Guten Abend« glatt vergaß.

Statt dessen sagte der Admiral »Guten Abend«, der Kater maunzte ...

Was ebenfalls soviel wie »Guten Abend« bedeutet.

Und ich brachte immer noch kein Wort heraus.

»Na, kleines Fräulein, was glotzt du, als hättest du noch nie im Leben leibhaftige Seeleute gesehen?«

Da stammelte ich »Guten Abend«, und das paßte nun schon nicht mehr. Schließlich stotterte ich: »Sie ... Sie sehen ja wirklich wie ... wie ein Seeräuber aus!«

»Wie sonst sollten Seeräuber wohl aussehen?« brummte der Admiral. »Wie Bischöfe oder wie Briefträger?«

»Dann sind Sie also wirklich ein Pirat?« fragte ich.

»Worauf du einen lassen kannst!« gab der Admiral zur Antwort, drehte sich um und ging hinaus. Captain Cook, der Kater, lief – »taps-taps-tapstock« – hinter ihm her. Gleich darauf waren die beiden draußen in Nacht und Nebel verschwunden.

Später im Wohnzimmer fragte ich meinen Vater, ob er denn wisse, wie unsere beiden Gäste aussähen.

»Nicht genau«, sagte er. »Es war ja dunkel, als sie ankamen. Ach was, ich hab' auch nicht drauf geachtet, ich bin ja fast im Halbschlaf hinuntergegangen.«

Auch Mama hatte die beiden noch nie gesehen. Das war insofern merkwürdig, als sie doch ihr Zimmer aufräumen mußte. »Ich räum' gar nicht auf«, erklärte sie. »Am ersten Morgen hat mir der eine durch die Tür gesagt, daß sie lieber selbst saubermachen möchten. Also bin ich den beiden nie begegnet. Die saubere Bettwäsche leg' ich ihnen immer vor die Tür.«
»Der eine der beiden ist ein Kater.«
»Tatsächlich?« fragte Papa. »Nun ja, jetzt wo du's sagst, erinnere ich mich daran, daß der eine viel kleiner war als der andere.«
Mama runzelte die Stirn: »Sonst erlauben wir den Gästen doch nie, daß sie Haustiere mitbringen.«
»Ach«, meinte Papa, »solange der Kater stubenrein ist, soll's uns recht sein.«
Stubenrein! Frechheit so was!
Später, im Bett vor dem Einschlafen, fragte ich mich, ob ich die beiden wirklich gesehen und nicht bloß phantasiert hatte. Als mich dann mitten in der Nacht ein Piratenlied weckte, das jemand draußen auf der Treppe grölte, da wußte ich, daß es sie wirklich gab, den Admiral und seinen Kater Captain Cook.

Zweites Kapitel

Der Fleischer unten am Hafen weiß alles, was im Städtchen vorgeht. Nun erzählte er, daß Captain Cook, der Kater im »Blauen Walfisch« genauso viel saufe wie der Admiral. Zuerst, so behauptete er, trinke jeder eine Buddel Rum, dazu »gegen den Durst« sieben oder neun Flaschen Bier, danach »zum Nachhausegehen« jeder noch rasch einen Gin.

Die alten Fischer hätten an den ersten paar Abenden mit den beiden mithalten wollen. Aber schon lange bevor der Gin an die Reihe gekommen sei, seien sie von ihren Stühlen gekippt.

Und genauso muß das sein! Das wäre mir ein schöner Pirat, der nicht einmal ein paar alte Fischer unter den Tisch saufen kann! Mehr als einmal hat uns das auf unsern Fahrten das Leben gerettet, daß wir einen ganzen Stiefel vertragen können. Nie hätten wir die Kälte der Eismeere überstanden, hätte uns nicht der Rum von innen gewärmt.

Den alten Frauen im Städtchen gefiel es gar nicht, daß ihre Männer nun nicht mehr wie früher ein-, zweimal in der Woche, sondern jeden Abend im »Blauen Walfisch« saßen, dummes Zeug redeten und sich betranken.

»So geht das nicht weiter«, hatte die eine zur anderen gesagt, als sie am Samstag beim Fleischer ihren Braten kauften. »Die Polizei muß etwas unternehmen!« Und wirklich sollen noch am selben Abend zwei Polizisten in der Fischer-

kneipe aufgetaucht sein. Angeblich hat man die beiden kurz nach Mitternacht – sturzbetrunken in einer Schubkarre liegend – zur Wachstube zurückgeschafft.
»Von dem Einbeinigen und seinem dreibeinigen Kater geht etwas Teuflisches aus«, sagte am nächsten Vormittag eine der alten Frauen auf dem Markt.

An Geld schien es dem Admiral nicht zu mangeln. Jeden Abend hielt er, so hieß es, die ganze Wirtsstube frei und sparte auch nicht an Trinkgeld für die dicke blonde Kellnerin.
Manchmal tauschte er angeblich beim Wirt vom »Blauen Walfisch« Goldstücke gegen gängige Geldscheine ein. Einen ganzen Sack voller Goldstücke besitze der Admiral, wurde erzählt. Das allerdings paßte nun gar nicht zu dem, was die Zeitungsfrau eines Tages behauptete: »Der Einbeinige und der Dreibeinige gehen auch hier in unserem Städtchen ihrem räuberischen Handwerk nach.« Und als eines Morgens der Postbote sein Fahrrad nicht finden konnte, hieß es gleich, der Admiral habe es geraubt.
Das stelle man sich einmal vor: Ein einbeiniger Seeräuber auf einem Fahrrad! Lächerlich! Der Admiral könnte sich ja auf keiner Piratenversammlung mehr blicken lassen!
Als einmal der Herbststurm ein paar lange weiße

Unterhosen von einer Wäscheleine blies, da meinte unsere Nachbarin, der Admiral hätte sie gestohlen.
Ich sagte: »Wer einen Sack voller Goldstücke zu Hause hat, der braucht keine fremden Unterhosen zu stehlen!«

Aber die Nachbarin fuhr mich an: »Meine liebe Julia, sei du nur still! Wer weiß, ob du nicht mit den beiden Halunken unter einer Decke steckst! Schließlich wären sie nicht hier, hätten deine Eltern ihnen nicht Unterschlupf gewährt!«
Von da an hatte ich das Gefühl, als hielten mich die Leute für eine Vertraute der beiden Seeräuber. Dabei hatte ich sie bis dahin nur dieses eine Mal gesehen.

Ende November bekamen sie Besuch. Ein sehr hagerer, sehr bleicher, in einen langen schwarzen Umhang gehüllter Mann fragte nach ihnen. Wohl war mir nicht dabei, aber ich führte ihn hinauf zum Zimmer, in dem der Admiral und Captain Cook hausten. Und an diesem Abend, in dieser Nacht, blieben die beiden zum ersten Mal im Haus. Sie mußten wichtige Dinge mit dem sonderbaren Fremden zu besprechen haben.
Ich lag im Bett, horchte angestrengt und hörte

zwar, daß oben geredet wurde, verstand aber nichts. Sogar als der Admiral und der Fremde anfingen, sich zu streiten, konnte ich nur ein paar Beschimpfungen verstehen.
»Du dämlicher einbeiniger Klabautermann!« hörte ich, und damit war wohl der Admiral gemeint.
»Süßwasserpirat, windiger!« Das schien dem Fremden zu gelten. »Daß du dich Pirat nennst, ist ja lachhaft!« brüllte der Admiral. »Du hast bisher höchstens kleinen Kindern das Butterbrot geklaut!«
»Und du machst dir schon bei Windstärke drei die Hosen voll!« gab der Fremde zurück.
Gleich darauf ein Poltern und ein dumpfer Aufprall. Erschrocken dachte ich: Jetzt hat einer den anderen umgebracht.
Aber nein! Die große Fünfliter-Korbflasche, die unser Freund mitgebracht hatte, war – zum Glück schon leergetrunken! – zu Boden gefallen.
»Kannst du nicht aufpassen, alter Saufkopf!« schrie der Admiral, und der Fremde: »Selber Saufkopf!«
Also lebten sie beide noch, und ich schlief ein.

Am nächsten Morgen war der geheimnisvolle Fremde verschwunden. Und der Admiral verließ mit Captain Cook am Vormittag das Haus. Das hatten sie noch nie getan!

Wohin die beiden Seeräuber gingen, konnte ich nicht herausfinden. Manche Leute wollten sie fünf Kilometer weiter nördlich auf den Klippen gesehen haben. Andere behaupteten steif und fest, sie wären in einem kleinen Boot aufs Meer hinausgerudert.
Gegen Abend waren sie jedenfalls wieder im Hotel. Und am nächsten Vormittag gingen sie wieder aus.

Daß sie sich nun auch am Tag sehen ließen, das ließ die Gerüchte noch einmal wild wuchern, aber bald gewöhnten sich die Leute an die beiden, und alles Furchterregende fiel nach und nach ab vom Admiral und seinem Kater.
»Ein verrückter alter Mann und sein verrückter Kater«, sagte der Bäcker, und das meinte jetzt auch die Gemüsefrau.
Daß der Admiral, wenn er aus dem Haus ging, einen langen Säbel an der blauseidenen Schärpe trug, beunruhigte niemanden mehr.
»Ein Verrückter, der sein letztes bißchen Verstand versoffen hat und jetzt glaubt, das Leben wäre ein einziges Kostümfest«, sagte die Zeitungsfrau, und die anderen schlossen sich dieser Erklärung an.
Mir selbst blieben die beiden so unheimlich wie an dem Abend, als ich sie zum ersten Mal auf der halbdunklen Treppe gesehen hatte. Ich

wußte ja auch, was die anderen nicht wissen konnten.
Nur ich hatte den geheimnisvollen Fremden gesehen.
Nur ich schien zu ahnen, daß die beiden nicht ohne Grund gerade in unser Städtchen gekommen waren.
Und nur ich wußte, daß der Admiral und Captain Cook schon für die nächsten Tage wichtigen Besuch erwarteten.
Woher ich das wußte?
Na, weil ich – als die beiden an meinem Zimmer vorbeigingen – den Admiral hatte sagen hören: »Sei nicht so ungeduldig, Captain Cook, spätestens morgen kommt er oder übermorgen oder nächste Woche. Dann wissen wir, wie es weitergeht.«

Drittes Kapitel

Ich nahm damals Klavierstunden, und meine Klavierlehrerin wohnte ein wenig außerhalb der Stadt. Wenn es nicht allzu stürmisch war und die Wellen nicht über die Kaimauer schlugen, fuhr ich auch im Winter jeden Donnerstagnachmittag mit dem Fahrrad die schmale Küstenstraße entlang. Sonst mußte ich, wenn mich mein Vater nicht mit dem Auto hinbrachte, die längere Straße landeinwärts nehmen.
An diesem Donnerstag, von dem ich erzähle, war es ganz windstill. Am Vormittag hatte es ein wenig geregnet, noch jetzt am Nachmittag hingen die Wolken so tief, daß man beinahe glaubte, danach greifen zu können.
Fast die ganze Zeit über führt die Küstenstraße direkt am Meer entlang, nur einmal schneidet sie eine kleine Halbinsel ab, die im Sommer voll von Badegästen ist. Und auf dieser Halbinsel, ganz vorn an der Spitze, sah ich nun, als ich näher kam, den Admiral und Captain Cook stehen. Regungslos wie Statuen standen sie da.
Was wollten sie da draußen?
Ich warf mein Fahrrad in den Straßengraben und schlich – manchmal durch Wacholderbüsche geschützt – auf die Halbinsel hinaus. Ich trat auf einen dürren Zweig, aber das Knacken konnte mich kaum verraten, denn der Himmel war voll von Möwen, und ihr Kreischen war lauter als hundert knackende Zweige.

Bald erkannte ich, daß der Admiral ein Fernrohr in der Hand hielt und aufs Meer hinausblickte. Er schwenkte das lange Messingrohr einmal nach links, einmal nach rechts, er suchte den Horizont ab. Aber man konnte an diesem Tag kaum einen Horizont erkennen, weil Meer und Himmel fast die gleiche schiefergraue Farbe hatten und weit draußen dicke Nebelbänke über dem Wasser hingen.
Und Captain Cook? Er stand aufrecht auf den Hinterbeinen (auf dem Katerbein und auf dem anderen aus Walknochen). Was machte er? Ich mußte, um es zu erkennen, noch ein Stück näher schleichen . . .
Auch er hielt, jetzt konnte ich es erkennen, ein Fernrohr ans eine gesunde Auge, auch er spähte angestrengt hinaus aufs Meer. Aber dann zog er die Katernase kraus und schnupperte und drehte den Kopf und hatte mich auch schon gerochen. Er tippte mit der einen Vorderpfote ans Bein des Admirals, auch er drehte sich um: Ich war entdeckt.
Weglaufen! schoß es mir durch den Kopf. Aber ich konnte mich nicht rühren. Ich geb's zu, ich hatte Angst. Soviel Angst wie noch nie vorher im Leben.
In der Stadt, unter anderen Leuten, hätte ich die beiden gern gesehen, aber hier auf der menschenleeren Halbinsel –!

Wenn sie nun wirklich hundsgemeine, hinterhältige Seeräuber waren und wenn alles stimmte, was ich in den Büchern über die Grausamkeit und Hinterhältigkeit der Seeräuber gelesen hatte, was dann?

Aber der Admiral grinste mich an (soweit man das unter dem struppigen schwarzen Bart sehen konnte). »Sieh an, sieh an! Unser kleines Fräulein!« rief er, und das klang freundlich.

»Guten Tag, Herr Admiral!« sagte ich, weil mir sonst nichts anderes einfiel. Und dann noch: »Guten Tag, Captain Cook.«

»Was für ein höfliches kleines Fräulein!« meinte der Admiral. Ich war nicht sicher, ob das nicht ein wenig spöttisch klang. »Mieses Wetter, was?«

»Ziemlich mies«, bestätigte ich. »Aber es könnte noch mieser sein, glaube ich.«

»Für einen Seemann ist es das mieseste Wetter überhaupt«, erklärte der Admiral. »Jeder Orkan und jeder Taifun ist mir lieber als diese elende Windstille und der noch elendere Nebel.«

»Aha«, sagte ich.

Der Alte wandte sich seinem Kater zu: »Weißt du noch, Captain Cook, solches Wetter wie heute hatten wir damals in den Roßbreiten, als wir hinter dem Schoner her waren, der Elfenbein aus dem schwärzesten Afrika geladen hatte . . .«

»Mau«, sagte der Kater, und es klang, als wollte er widersprechen.

Und ob ich widersprechen wollte! Niemals hatten wir in den Roßbreiten solches Wetter. Der Alte verwechselte wieder einmal alles. In diese elenden Nebelbänke waren wir nämlich vor Neufundland geraten.

»Weißt du überhaupt, was die Roßbreiten sind, mein Fräulein?« fragte der Admiral.

Bestimmt hatten wir in der Schule schon davon gehört, aber weil es mir nicht einfiel, schüttelte ich den Kopf.

»In den Roßbreiten, also zwischen dem 25. und 35. Breitengrad, kannst du von Glück reden, wenn du ein bißchen Wind in die Segel kriegst. Und damals, als wir hinter dem Schoner her waren, gab's auch noch Nebel. So dichten Nebel, daß du die Flasche nicht mehr sehen konntest, aus der du gerade trinken wolltest . . .«

Nebel in den Roßbreiten! Wer hat so was schon gehört! Nur gut, daß kein Seemann in der Nähe ist!

»Dieser Schoner hatte also Elfenbein geladen, so kostbar wie Gold. Wir waren dicht hinter ihm her, bis wir dann eben in den Roßbreiten in diese entsetzliche Flaute kamen. Kein bißchen Wind, nichts. Die Segel hingen so schlapp wie dreckige Handtücher an den Masten. Und wenn sich der Nebel für Sekunden hob, konnten wir sehen, daß es dem Schoner – nur wenig mehr als einen Kanonenschuß von uns entfernt – genauso erging.«

»Sie waren auf einem Segelschiff unterwegs?« fragte ich, und weil ich auf einmal gar keine Angst mehr vor dem Admiral hatte, sagte ich noch: »Ich weiß ja nicht, wie alt Sie sind, aber Segelschiffe hat es doch auch in Ihrer Jugend schon nicht mehr gegeben, oder?«

»Erzähl die Geschichte selber weiter, wenn du's besser weißt«, knurrte der alte Mann.

»Entschuldigung!« sagte ich.

Der Admiral zog eine Rumflasche aus der Rocktasche, nahm einen Schluck und erzählte nach einem gewaltigen Rülpser weiter: »Wenn manchmal eine leichte Brise aufkam und uns ein Stück vorwärts brachte, dann brachte sie auch den Schoner voran, und der Abstand wurde nicht kleiner. Ich mußte aber das Elfenbein haben, der Teufel sollte mich holen, wenn ich es nicht kriegte! Was war also zu tun?«

»Rudern vielleicht«, sagte ich.

»Heiliger Strohsack!« stöhnte der Admiral. »Und so was lebt am Meer! Einen Viermaster mit Rudern fortbewegen! Nein, nein, es mußte eine andere Möglichkeit geben! Aber mir fiel und fiel keine ein. Schließlich ließ ich Bohnen für die Mannschaft kochen . . . Zufällig hatten wir kurz zuvor einen Frachter aus Mexiko gekapert, der Bohnen geladen hatte. Jetzt war unser Laderaum voll damit. Am Morgen, am Mittag und am Abend mußten die Kerle Bohnen fressen, bis sie vor lauter Blähungen fast zerplatzten. Und jedem drohte ich, ihn über Bord zu werfen, wenn er einen fahren ließ, ehe ich dazu nicht das Kommando gegeben hatte . . .«

»Sie meinen . . .?«

»Du hast es erraten, kleines Fräulein! Die Kraft unserer Winde sollte uns dem Schoner näher bringen. Aber leider war meine Mannschaft damals ein wilder, disziplinloser Haufen. Als ich endlich, indem ich eine Kanone abfeuern ließ, das Kommando gab, da furzte der eine nach Südost, der andere nach Süd, der dritte nach Nordwest, das Schiff kam ins Schlingern, drehte sich einmal um die eigene Achse und drohte zu kentern. Und zu schlechter Letzt war alles wie zuvor.«

Kein Wort glaubte ich dem Admiral, aber das hätte ich nicht zu sagen gewagt.

»Das heißt, nicht alles war wie zuvor: Es stank fürchterlich auf meinem guten Schiff, und da, wie gesagt, kein Windhauch wehte, stank es drei Tage lang. Dann endlich, kurz vor dem Morgengrauen, kam Wind auf. Er versorgte uns mit Frischluft, so daß wir endlich wieder frei atmen konnten, und er blähte unsere Segel. Der Schonerkapitän hatte wohl schon nicht mehr mit Wind gerechnet und die Segel reffen lassen; ehe sie wieder gesetzt waren, da waren wir bei ihm. Rasch eine Breitseite aus unsern

Kanonen abgefeuert, dann schwangen wir uns, wie man's auf der Piratenschule lernt, an Tauen hinüber, unsere Säbel nach alter Seeräuberart zwischen den Zähnen . . . Was soll ich viel erzählen? Es war ein kurzer Kampf. Ich erinnere mich, daß ich zwei oder drei Matrosen mit einem Enterhaken aufgespießt hab'. Verglichen mit anderen Kämpfen war's ein Klacks. Kaum der Rede wert.

Ehe wir ans Verteilen der Beute gehen konnten, mußten wir noch den Schonerkapitän an den Großmast hängen . . . Ich erinnere mich, daß es mir gar keinen Spaß machte. War ein netter Kerl, schade um ihn. Aber das gehört nun einmal zum Seeräuberhandwerk, daß man den Kapitän eines gekaperten Schiffes henkt. Ein Pirat, der sich nicht an diese Regel hält, darf nicht mehr mit dem Respekt der anderen Piraten rechnen und kann sogar aus der Seeräubergewerkschaft ausgeschlossen werden, und das ist wohl auch gut so. Ordnung muß sein. Nun ja, so war das damals.«

Na ja, im Prinzip wenigstens. Nur daß das nicht in den Roßbreiten, sondern vor Neufundland geschah, wie schon gesagt. Und der Schoner hatte nicht Elfenbein aus dem schwarzen Afrika, sondern Gold aus dem verschneiten Alaska geladen. Und der Kapitän des Schoners, übrigens ein widerlicher fetter Kerl, der wurde auch nicht gehenkt, sondern ist vor Schreck am

Herzschlag gestorben, als ich – ein Kater! – plötzlich mit gezücktem Säbel in seiner Kajüte stand . . . Aber sonst hat der Alte alles ganz richtig erzählt.

»So eine gewaltige Beute hatten wir nie zuvor gemacht«, redete der Admiral weiter. »Aber wohin damit? Unser Laderaum war ja fast noch ganz voll mit den verdammten Bohnen. Was soll's, dachte ich. Weg damit! So ließ ich die Bohnen, die ohnehin keiner von der Mannschaft mehr essen wollte, kurzerhand über Bord kippen. Den Fischen zum Fraß. Noch Wochen später furzten in den Roßbreiten die Fische in allen Tonlagen.«
Der Admiral erzählte das alles mit großem, fast feierlichem Ernst, nur Captain Cook schien zu grinsen.
»Mein Anteil am Elfenbein«, redete der alte Mann weiter, »war so groß, daß ich mir ein Schloß hätte kaufen können . . .«
»Aber Sie haben sich kein Schloß gekauft, oder?« fragte ich.
»Heiliger Strohsack, nein!« rief der Admiral. »Was sollte ein alter Seebär wie ich in einem Schloß! Das Geld, das ich fürs Elfenbein bekam, hab' ich versoffen und verspielt. Wozu sonst ist Geld da, he?«
In Wahrheit blieb gar nichts von dem Geld. Es reichte gerade, um unsere Schulden, die wir damals in allen Hafenkneipen der Welt hatten, zu bezahlen. Und als das geschehen war, mußten wir wieder anschreiben lassen.
Der Admiral schwieg, hob sein Fernrohr an sein

einziges Auge und blickte aufs Meer hinaus. Auch der Kater kümmerte sich nicht weiter um mich. Es mußte, was immer es auch sein mochte, wirklich wichtig sein, was sie da draußen suchten.
Und mir fiel plötzlich wieder meine Klavierstunde ein. Ich kam eine halbe Stunde zu spät und mußte zur Strafe fünfundzwanzig Tonleitern rauf- und runterspielen, bis mir schier die Finger brachen.
Übrigens erzählte ich zu Hause nichts davon, daß ich den Admiral und Captain Cook auf der Halbinsel getroffen hatte; auch in der Schule sagte ich kein Wort.

Viertes Kapitel

Nach diesem einen Nachmittag sprach ich lange nicht mehr mit dem Admiral. Manchmal begegnete ich ihm und seinem Kater, einmal in der Halle, dann wieder draußen auf der Straße. Er erwiderte meinen Gruß, tat aber sonst, als kenne er mich nicht näher. Ein paarmal wollte ich stehenbleiben, ihm irgendeine Frage stellen, um ein neues Gespräch zu beginnen, aber immer war er schon an mir vorbeigegangen, ehe ich etwas sagen konnte. Nur Captain Cook drehte sich manchmal nach mir um, und – ich täuschte mich bestimmt nicht! – er sah aus, als hätte er sich gern ein wenig mit mir unterhalten. Aber leider können Katzen ja nicht reden, auch wenn sie mit Augenklappe und Walfischbein wie Seeräuber aussehen.

Was ein gewaltiger Irrtum ist, mein Fräulein! Ich kann sehr wohl reden, nur verstehst du mich nicht. Ich bin nicht einmal sicher, ob der Admiral auch nur die Hälfte von dem versteht, was ich sage. – Aber daß du mich nicht verstehst, das liegt an dir, nicht an mir . . .

Ich hatte heimlich gehofft, die beiden Piraten würden ein bißchen Leben in unsere winterlich verschlafene kleine Stadt bringen. Aber nach den ersten kleinen Aufregungen war alles wieder so langweilig wie jedes Jahr um diese Zeit. Die Boote, die großen wie die kleinen, schaukelten planenbedeckt und träge im Hafen . . .

Diese Planen heißen Persenning, mein Fräulein! Da du am Meer aufgewachsen bist, solltest du die einfachsten seemännischen Ausdrücke kennen! – Aber was reg' ich mich auf, da du mich ja doch nicht verstehen willst!
Nur selten tuckerte jetzt ein kleines Fischerboot durch die schmale Hafeneinfahrt hinaus aufs offene Meer. Über den großen Platz am Hafen, der im Sommer bis weit nach Mitternacht voll von Menschen war, huschten nun sogar am hellen Tag nur vereinzelt dick vermummte Gestalten, die gleich wieder in den Häusern verschwanden, um Schutz vor dem immerfort eiskalt wehenden Wind zu suchen. An den wenigen sonnigen Tagen standen ein paar Fischer herum und redeten . . . Was weiß ich, worüber sie redeten! Neuigkeiten gab es ja nicht.

An den Admiral, diesen seltsamen alten Mann, und seinen noch seltsameren Kater hatte man sich längst gewöhnt. Auch daran, daß die beiden halbe Tage damit zubrachten, aufs Meer hinauszusehen. Sie standen dabei entweder auf der Halbinsel außerhalb der Stadt oder in der Stadt selbst: auf dem kleinen Felsen über der Hafeneinfahrt, gleich neben dem alten Turm, von dem man sich erzählte, daß darin einmal – vor ein paar hundert Jahren wohl – Piraten gehaust hätten.

Man konnte sie vom Hafen aus deutlich sehen, wie sie unbewegt, die Fernrohre ans jeweils gesunde Auge gepreßt, stundenlang dort oben standen. Wie man nur so lange ruhig stehen kann!
Das Warten gehört zum Piratenleben! Auf eine Stunde Kampf kommen tausend Stunden des Wartens. Einmal standen wir so lange, daß eine Möwe sich auf dem Kopf des Admirals niederließ und ihre Eier in seinem Dreispitz ausbrütete. Aber das Warten hat sich gelohnt damals. Die portugiesische Brigg, nach der wir Ausschau gehalten hatten, das war ein Fang, wie man ihn nur alle hundert Jahre einmal macht.
Worauf mochten die beiden nur warten? Auf ein Schiff vermutlich, denn was sonst hätte draußen auf dem Meer auftauchen können. Aber es kam kein Schiff.

Einmal sah ich, wie der Admiral in der engen Gasse, die vom Hafen zu unserem Hotel führt, dem Postboten auflauerte. Was er ihn dann fragte, konnte ich leider nicht hören. Ich meinte verstanden zu haben »Wieder nichts dabei für Müller?«, aber da mußte ich mich wohl verhört haben, denn Müller konnte der Admiral nie und nimmer heißen. Ein Pirat, der Müller heißt, lächerlich!
Richtig, mein Fräulein! Aber er heißt wirklich Müller, er kann nichts dafür, der arme Kerl. Diese bedauerliche Tatsache hat ihm wahrscheinlich die ganz große

Seeräuberkarriere versaut. Was er alles hätte werden können, wenn er zum Beispiel Francis Drake geheißen hätte – oder Captain Cook!

Was immer er für einen Namen genannt hatte, daß der Admiral nach Post für sich gefragt hatte, das schien klar. Und der Postbote hatte den Kopf geschüttelt.

Auf die heutige Post ist ja kein Verlaß mehr. Wenn ich an die Zeiten zurückdenke, als es noch die gute alte Flaschenpost gab! Man schrieb einen Brief, steckte ihn in eine Flasche und warf sie ins Meer. Irgendwo wurde sie aufgefischt, und wenn sie nicht an der richtigen Adresse war, wurde sie wieder ins Wasser geworfen. Auf diese Art brauchte eine Nachricht von einem Ende der Welt zum anderen kaum länger als fünf, sechs Jahre. Heute hingegen . . . ! Na, Schwamm drüber!

Als ich den Admiral und Captain Cook wieder einmal oben auf dem Felsen neben dem Piratenbaum stehen sah, da schoß mir durch den Kopf: Nach Hause laufen und heimlich das Zimmer der beiden durchsuchen! Bestimmt hatte der Admiral den Zimmerschlüssel eingesteckt, aber es gab einen Hauptschlüssel, mit dem man alle Gästezimmer aufschließen konnte . . .

Vielleicht würde ich irgendeinen Hinweis finden, was die beiden hier wollten und worauf sie warteten.

Ich rannte los. Ich rannte, so schnell ich nur konnte. Als ich schon unser Hotel sah, wurde ich langsamer, so außer Atem war ich vom Laufen. Aber wirklich nur deshalb? Nein, ich hatte plötzlich auch Angst. Wovor denn nur? Ich wußte doch, wo der Admiral und sein Kater waren, ich wußte, daß sie mich nicht in ihrem Zimmer überraschen konnten. Trotzdem sah ich es plötzlich ganz deutlich vor mir: Ich stöbere in ihren Sachen, und auf einmal steht der Admiral hinter mir – mit gezücktem Säbel!

Und dann . . .! Ich hatte genug Piratenbücher gelesen, um zu wissen, was dann geschehen würde. Glattweg aufspießen würde mich der Säbel oder in tausend kleine Stücke hacken.

Mein Kopf sagte mir, daß die beiden unmöglich so schnell zurückkommen konnten, aber gleichzeitig wußte ich, daß genau das geschehen würde.

So ging ich, nachdem ich das Hotel betreten hatte, nicht die Treppe hinauf, sondern gleich in mein Zimmer.

Und die Tage, so kurz sie Anfang Dezember auch sind, verrannen so träge und langweilig wie in all den piratenlosen Wintern zuvor.

In der Schule wollte ich das Gespräch ein paarmal auf unsere merkwürdigen Gäste bringen, aber niemand außer mir schien sich für die beiden zu interessieren.

»Im Sommer kommen so viele merkwürdige Leute hierher«, meinte Katharina, meine beste Freundin. »Warum nicht auch einmal im Winter!«

Dann kam der Tag, an dem ich zu Hause über mir nur noch »taps-taps-taps-tock« hörte. Kein »Tapp-tock, tapp-tock« mehr. Was war geschehen? Wo war der Admiral?
Drei Tage lang hörte ich nur »taps-taps-taps-tock«. Dann klopfte es plötzlich an meiner Zimmertür. Ich öffnete, und da war niemand.
Frechheit! Bin ich denn niemand?
Ich hatte nur geradeaus gesehen, und erst als ich zu Boden blickte, entdeckte ich Captain Cook. Er stand auf den Hinterpfoten und winkte mit der rechten Vorderpfote. Dann lief er »taps-taps-taps-tock« die Treppe hinauf. Und ich folgte ihm.
Der Admiral brauchte meine Hilfe. Er lag im Bett, sein Walknochenbein stand daneben, um seinen Hals war die blauseidene Schärpe geschlungen, die er sonst um den dicken Bauch trug. »Mich hat's böse erwischt«, krächzte er heiser. »Diese elenden kalten Winterstürme, der Teufel soll sie holen!«
Daraufhin nieste er dreimal so heftig, daß Captain Cook sich am Bettpfosten festkrallen mußte, um nicht fortgeniest zu werden.
Der Admiral bat mich, für ihn in die Apotheke

zu laufen, um dreierlei Tinkturen zu holen. »Ich hab' alles auf den Zettel da geschrieben«, stöhnte er. »Und dann gehst du noch in den ›Blauen Walfisch‹ und holst ein paar Flaschen Rum!«

Er gab mir Geld: eine ganz gewöhnliche Banknote. Ich war, glaube ich, ein wenig enttäuscht, denn ich hatte ein Goldstück erwartet. Aber das war vielleicht der Augenblick, um hinter eines der Geheimnisse des Admirals zu kommen. Darum fragte ich – so harmlos wie nur möglich: »Soll ich vielleicht für Sie zur Bank gehen und wechseln?«

»Was willst du wechseln? Ist das nicht die Währung, in der man hierzulande bezahlt?«

»Doch, doch. Ich dachte nur . . . Nämlich . . . Wenn ich irgendwas Finanzielles für Sie erledigen kann . . .«

»Ach was«, meinte der Admiral, »ich komm' schon zurecht. Meine Pension ist zwar nicht üppig, aber für den täglichen Rum reicht's allemal.«

»Pension?«

Der Admiral druckste ein wenig herum, dann gestand er: »Na ja, als Pirat bin ich eigentlich schon pensioniert. Aber daß du das keinem verrätst, ja! Denn vor einem pensionierten Piraten hat wohl keiner mehr Respekt. Und mir würde, wenn bekannt wäre, daß ich nach wie vor auf Kaperfahrt gehe, wohl auch die Pension gekürzt . . .«

»Sie bekommen wirklich eine Piratenpension?« Ich konnte es immer noch nicht glauben.

»Klar. Schließlich hab' ich mein Leben lang bei PSFP einbezahlt, das ist die Pensionsversi-

cherungsanstalt für Seeräuber, Freibeuter und Piraten.«
»Na, wenn das so ist . . .« Ich rannte los.

Als ich dem Apotheker den Zettel zeigte, den der Admiral mir gegeben hatte, da schüttelte er den Kopf und fragte: »Hast du neuerdings ein Pferd?«
Ich wußte nicht, was er damit meinte, er sagte aber: »Mit den Arzneien, die du von mir willst, kuriert man für gewöhnlich nur Rösser.«
»Na ja«, sagte ich, »so eine Art Roßkur soll's wohl werden.«
In den »Blauen Walfisch« traute ich mich zuerst gar nicht hinein, als ich dann doch die Tür öffnete, verschlug es mir fast den Atem, so sehr stank es drinnen nach Schnaps und kaltem Tabakrauch.
Unter der Decke waren Fischernetze gespannt, in denen Seesterne lagen und zwei große grellrote Hummer. An den Wänden hingen Rettungsringe längst verschrotteter Schiffe und ein riesiges Ölbild, das ein Segelschiff in einem fürchterlichen Sturm zeigte. Kitschig, aber gerade das lieben die Touristen, die im Sommer hierherkommen.
Die Gaststube war leer, die dicke blonde Kellnerin kam wohl erst am Abend. Schließlich fand ich den Wirt: Er hockte auf der Eckbank und schlief.

Als ich sechs Flaschen Rum bestellte, wußte er gleich, für wen ich sie holte. Er habe schon gehört, daß der »alte Verrückte« erkältet sei, er wünsche ihm gute Besserung.

Ich hoffte nur, daß mich niemand sehen würde, wie ich da sechs Flaschen Rum durch die Stadt schleppte. Ein paar Leute begegneten mir zwar, aber sie gingen mit hochgestellten Mantelkragen und eingezogenen Hälsen an mir vorbei. Ich hätte statt der Flaschen auch sechs Papageien oder sechs kleine Affen tragen können, es hätte sie ebensowenig interessiert.

Dann war ich wieder bei dem Admiral und Captain Cook im Zimmer, und jetzt erst tat ich, was ich vor einer halben Stunde versäumt hatte: Ich sah mich um.
Über dem Bett des Admirals hing eine schwarze Piratenflagge mit weißem Totenkopf und zwei gekreuzten Knochen darunter.
»Diese Flagge hat schon manchen das Fürchten gelehrt!« krächzte der Admiral.
Auf dem Tisch lag eine Pistole, wie ich sie zuvor nur in Büchern gesehen hatte, ein altertümliches Gerät, dessen Lauf sich vorn wie eine Trompete weitete.
»Sie schießt nicht besonders genau«, sagte der alte Mann, der sogar im Bett seinen Dreispitz auf

dem Kopf trug, »aber wenn du sie mit einem halben Pfund Pulver lädst, dann kracht sie so laut, daß jeder, der's hört und nur ein bißchen furchtsam ist, sich die Hosen vollmacht.«

Auf dem Tisch stand ein großer runder Käfig, darin hockte ein farbenprächtiger Papagei, aber er rührte sich nicht.

Kein Wunder, schließlich ist er ausgestopft. Der Klabautermann mag wissen, warum, aber zu einem richtigen Seeräuber gehört nun einmal ein Papagei. Aber der hier konnte einfach den Schnabel nicht halten. Nicht auszuhalten war das, wie er den lieben langen Tag dahergeplappert hat, da hab' ich ihm kurzerhand den Hals durchbissen, und der Alte hat ihn ausstopfen lassen. Jetzt haben wir zwar einen Papagei, wie sich das gehört, aber er belästigt uns nicht weiter.

Unterm Bett lag, wie ich nun erst bemerkte, noch ein zweites künstliches Bein, es war aus gewöhnlichem Holz.

»Das trag' ich zu Hause, um das schöne aus Walfischknochen zu schonen«, sagte der Admiral. »So ein wunderbar elegantes Walknochenbein kriegt man heutzutage nämlich gar nicht mehr.« In einer Ecke des Zimmers stand eine kleine Truhe, mit Eisenbändern beschlagen und uralt. Darin müssen die Goldstücke sein! schoß es mir durch den Kopf. Und der Admiral schien meine Gedanken zu ahnen. »Mach die Truhe ruhig auf!« sagte er. »Sie ist nicht verschlossen.«

Ich tat es – und erwartete, gleich vom Glanz des Goldes und der Juwelen geblendet zu werden, aber da glänzte nichts in der Truhe, sie war voll von Papierrollen. Ich nahm die, die zuoberst lag, in die Hand, und da niemand mich daran hinderte, entrollte ich das Papier: Es war eine handgezeichnete Landkarte. In der rechten unteren Ecke eine Windrose, die die Himmelsrichtungen anzeigte. Eine Insel, die ungefähr wie eine Birne geformt war. Von einer kleinen Bucht aus war in nordwestlicher Richtung eine Linie eingezeichnet, deren Länge mit 986 Schritt angegeben war . . .

»Eine Schatzkarte!« rief ich. »Sind das alles Schatzkarten?«

»Was denn sonst?« antwortete der Admiral nicht ohne Stolz. »Das heißt, genaugenommen sind es Karten von Plätzen, wo man einen Schatz gut verstecken könnte . . . In jedem Winkel der Welt hab' ich mein Leben lang nach Plätzen gesucht, wo man einen Schatz verstecken könnte. Man muß doch vorbereitet sein, nicht wahr? Stell dir vor, du gewinnst im Lotto oder du kommst überraschend in den Besitz eines Schatzes und weißt nicht, wo du ihn verstecken sollst. Nein, nein, in diese Verlegenheit möcht' ich nicht kommen!«

Also hatte der Admiral gar keinen Schatz!

Und wieder schien es, als könne er meine Gedanken lesen, denn er sagte: »Noch nicht, mein Fräulein, noch nicht. Aber bald! Wenn alles klappt, befinde ich mich bald im Besitz des gewaltigsten Piratenschatzes, den es je gegeben hat. Mehr möchte ich darüber nicht sagen . . .«

Ich getraute mich nicht weiterzufragen; der Admiral ließ sich den Säbel reichen und verlangte von mir, mich mit einer Flasche in beiden Händen und mit ausgestreckten Armen vor seinem Bett aufzustellen.
»Wa-wa-was haben Sie denn vor?« fragte ich erschrocken.
»Die Flasche köpfen! Was sonst!« gab er zur Antwort.
Ich bot ihm an, rasch hinunterzulaufen und einen Korkenzieher zu holen, aber da lachte der Admiral laut auf: »Heiliger Strohsack! Hat man so was schon gehört! Korkenzieher sind was für dämliche Landratten, wir Piraten köpfen die Flaschen, wie es sich gehört. – Streck die Arme ordentlich aus! Und, der Klabautermann soll dich holen, hör endlich zu zittern auf!«
Ich hatte gar nicht bemerkt, wie sehr ich zitterte. Am liebsten hätte ich die Flasche fallen lassen und wäre davongerannt, aber gewiß hätte mich der alte Pirat, wenn ich die Flasche zerbrochen hätte, augenblicklich mit dem Säbel durchbohrt.
So schloß ich die Augen, streckte die Arme aus –

und schon war's geschehen: Mit einem einzigen Säbelhieb hatte der Admiral den Flaschenhals durchschlagen.
Ich mußte den Rum in einen großen Blechtopf gießen und dann die drei Medizinflaschen öffnen. Ich hielt mir dabei die Nase zu, denn die erste Arznei roch stechend nach Schwefel und faulen Eiern, die zweite nach ungewaschenen Füßen, die dritte schließlich nach ... nun ja, man kann's nicht anders sagen: nach Katzenscheiße.
Also, ich muß doch sehr bitten, ja!
Den Inhalt aller drei Flaschen mußte ich zum Rum in den Blechtopf gießen, dann übergab ich das stinkende Gebräu dem Admiral, und der leerte den Topf fast in einem einzigen Zug.
Daraufhin rülpste er – so laut, wie ich noch nie einen Menschen habe rülpsen hören (und das will etwas heißen, denn die Sommergäste rülpsen, wenn sie nur ein klein wenig betrunken sind, sehr ausgiebig): Die Fensterscheiben klirrten, und die Deckenlampe schwankte.
Dann fiel der Admiral aufs Kopfkissen zurück, ein Zucken lief durch seinen Körper, die Arme und das eine gesunde Bein schnellten gleichzeitig hoch. Dann lag der Admiral steif wie ein Brett da. Ohnmächtig, wie es schien.
Captain Cook schien zu grinsen. Er schaute mich an mit einem Blick, der bedeuten mochte: »Alles in Ordnung!«

Am nächsten Tag war der Admiral wohlauf und stand mit dem Kater wieder auf der Spitze der Halbinsel und schaute aufs Meer hinaus wie all die Tage, bevor er sich erkältet hatte.

Fünftes Kapitel

Es war irgendwo in der Südsee«, erzählte der Admiral, »gleich hinter Tahiti, glaub' ich. Wir hatten prächtigen Wind in den Segeln, aber wir kamen und kamen nicht voran. Es war zum Verrücktwerden, wir konnten manövrieren, wie wir wollten, wir rührten uns nicht vom Fleck. Als hielte uns eine unsichtbare Ankerkette fest. Meine Matrosen, dieses abergläubische Pack, fingen schon an, an Zauberei zu glauben. Da entdeckten wir endlich am Heck des Schiffes einen Arm . . .«

»Einen Arm?«

»Jawohl, mein Fräulein, einen Arm. Genauer gesagt: einen Krakenarm. Du weißt doch, was ein Krake ist?«

»Nur so ungefähr«, sagte ich, »irgend so ein scheußliches Vieh mit vielen Armen . . .«

»Es sind genau acht Arme. Bei einem gewöhnlichen Kraken. Aber der Krake, von dem ich rede, der hatte zwanzig Arme oder noch mehr, und einer davon hielt mein Schiff fest.«

Ich muß wohl ein wenig ungläubig dreingeschaut haben, denn der Admiral fuhr mich an: »Glaub's oder glaub's nicht, was schert mich das! Es war ein Riesenkrake, der riesigste Riesenkrake, den je ein Seemann zu Gesicht bekam, so groß wie drei Schiffe, und jeder Arm war zwei Meter dick, und die Saugnäpfe dran waren so groß wie Waschschüsseln.«

»Donnerwetter!« sagte ich, das versöhnte den Admiral wieder ein bißchen.
Wir standen auf dem kleinen Felsen über der Hafeneinfahrt. Nach zehn langen, grauen, regnerischen Tagen schien heute endlich wieder einmal die Sonne; nicht so strahlend grell wie im Sommer, sondern blaßgelb hinter einer milchweißen dünnen Wolkenschicht. Captain Cook lag schlafend auf einem großen Stein, den die Sonne ein wenig gewärmt zu haben schien.
Ach, Quatsch! Ich schlafe doch nicht. Und ich kann auch mit geschlossenen Augen hören, was der Alte da wieder schwafelt. Außerdem hab' ich die Geschichte mindestens schon zweitausendmal gehört. Bin bloß gespannt, was er heute wieder dazuerfindet.

»Daß das Biest mein stattliches Schiff einfach festhielt, als wär's ein Spielzeug, war schon schlimm genug«, fuhr der Admiral fort. »Aber – heiliger Strohsack! – dann schien das Vieh Hunger zu kriegen, einer seiner Arme tastete das Deck ab, bekam einen von meinen Matrosen zu fassen, und schon war der im schrecklichen Maul des Kraken verschwunden. Einen nach dem anderen holte er sich. Alles tapfere Seeräuber, die manches Schiff versenkt und manchen Kauffahrteimatrosen über die Klinge hatten springen lassen. Und nun mußte ich zusehen, wie sich der Krake diese braven Kerle ins Maul schob. Er lutschte ein wenig an ihnen herum, spuckte dann die Knochen aus und holte sich den nächsten. Es war furchtbar anzusehen. Selbst die abgefeimtesten unter meinen Leuten bekreuzigten sich und dachten wohl: Wer von uns wird der nächste sein?«

»Warum versteckten sie sich denn nicht unter Deck?« fragte ich.

Sehr gute Frage, mein Fräulein!

»Unterbrich mich nicht dauernd!« polterte der Admiral. »Jedenfalls konnte ich mir ausrechnen, wann das Riesenvieh meine ganze Mannschaft verschlungen haben würde. Ich mußte handeln. Ich ließ die Kanonen laden, und dann – Feuer! – wurde eine ganze Breitseite auf das Biest abgeschossen. Aber das Mistvieh war weich wie

Gummi, die Kanonenkugeln prallten von ihm ab und flogen uns gleich darauf selbst um die Ohren . . .«

Natürlich glaubte ich dem Admiral kein Wort. Aber es machte Spaß, ihm zuzuhören.

»Was also sollten wir tun? Denn schon griff sich das Vieh den nächsten Matrosen. Einen Appetit hatte das Tierchen, kaum zu glauben! Ich dachte nach. Eine Minute lang, noch eine Minute. Dann hatte ich eine Idee. Es dauert selten länger als zwei Minuten, bis ich – selbst in höchster Not – eine rettende Idee habe.«

Daß ich nicht lache! Zu dumm, daß du immer nur Miau hörst, wenn ich rede! Ich könnte dir Geschichten erzählen . . .!

»Ich ließ ein Pulverfaß bringen, das größte, das wir an Bord hatten«, erzählte der Admiral weiter. »Daran befestigten wir eine Lunte und steckten sie an. Und gerade als der Krake sein Maul öffnete, um den nächsten Matrosen zu verschlingen, da schleuderten wir ein Pulverfaß mit der brennenden Lunte hinein. Und was, meinst du, tat das Untier?«

»Na?«

»Es spitzte die Lippen und spuckte das Pulverfaß wieder aus.«

Jetzt war ich ganz sicher, daß der alte Seebär flunkerte. Die ganze Zeit über hatte ich darüber nachgedacht, ob ich in der Schule irgend etwas über Kraken gehört hatte. Mag sein, daß das Tier, von dem der Admiral erzählte, wirklich ein Maul hatte, aber Lippen zum Spitzen hat ein Krake gewiß nicht. Aber ich ließ mir nichts anmerken und fragte den Admiral, was weiter geschehen sei.

»Das Pulverfaß mit der brennenden Lunte landete auf unserm Deck. Und dann – bumsti! Die Matrosen knickten wie Streichhölzer, die Deckplanken wirbelten herum, der Schiffsrumpf hatte ein Loch so groß wie . . . na ja, ein riesengroßes Loch eben.«

»Also ist das Schiff gesunken«, sagte ich.

»Wieso?« fragte der Admiral.

»Na, mit so einem Riesenleck!«

»Ach so. Nun ja. Ich erinnere mich nicht mehr so genau, ist ja auch schon ein paar Donnerstage her, nicht wahr? Ganz so groß war das Leck vielleicht doch nicht . . .«

Gut gemacht, kleines Fräulein! Gib's ihm nur!

»Jedenfalls wußten wir nun, daß dem Vieh mit Gewalt nicht beizukommen war. Aber wie sonst? Mit List natürlich. Diesmal brauchte ich fast drei Minuten, bis ich eine brauchbare Idee hatte. Es traf sich gut, daß wir kurz vorher ein Frachtschiff voll Pfeffer aus Ostindien gekapert hatten . . .«

Zufälle gibt's, nicht wahr?

»Also ließ ich die größte meiner Kanonen, einen

gewaltigen Sechsunddreißigpfünder, mit Pfeffer laden und genau auf die Nase des Untiers ausrichten. Dem Kanonier versprach ich, ihn eigenhändig in Stücke zu reißen, falls der Schuß die Krakennase verfehlen sollte.«

»Der Riesenkrake hatte also nicht nur einen Mund, sondern auch eine Nase?« fragte ich.

»Worauf du einen lassen kannst! Heiliger Strohsack, ein Riesenzinken war das! Kein Wunder! Riesenkraken haben nun mal Riesennasen. Stell dir einen Riesenkraken vor mit einer so kleinen Nase, wie du sie hast! Das würde ganz und gar albern aussehen! Damit könnte er sich bei den anderen Riesenkraken doch gar nicht sehen lassen!«

Daß Kraken Nasen haben sollten, davon habe ich noch nie gehört.

Beim Klabautermann, das ist wirklich nicht auszuhalten, was der Alte da wieder an Seemannsgarn zusammenspinnt! Ich könnte ihm ja widersprechen, aber dazu bin ich heute zu faul. Es ist so angenehm, hier in der Sonne zu dösen . . .

Der Admiral blickte mich mißtrauisch an. »Wenn Kraken keine Nasen hätten, womit sollten sie dann wohl riechen, he?«

»Wer sagt denn, daß sie überhaupt riechen können?«

»Papperlapapp! Unterbrich mich nicht dauernd, du kleines Klugscheißerchen, sonst erzähl' ich dir nie wieder eine Geschichte, verstanden!«

»Entschuldigung, Herr Admiral! Bitte erzählen Sie weiter!«

»Hm, ja, die Geschichte ist eigentlich fast schon zu Ende. Ich ließ die Pfefferkanone abfeuern, gleich darauf hatte der Riesenkrake die Riesennase voll Pfeffer und mußte so heftig niesen, daß er mein Schiff nicht länger festhalten konnte. Zum Glück nieste er direkt in unsere Segel, so daß das Schiff einen gewaltigen Satz nach vorne machte und so dem Untier entkam.«

Der Admiral holte seine Taschenflasche heraus, nahm einen langen Schluck Rum und rülpste so laut, wie nur er das konnte. »So war das also damals im nördlichen Eismeer, und der Teufel soll mich holen, wenn ich nicht die reine Wahrheit erzählt hab'.«

»Im nördlichen Eismeer? Ich dachte, in der Südsee, gleich hinter Tahiti.«

»Ach ja«, murmelte der alte Mann, »du hast recht. Ich muß mich wohl versprochen haben. Riesenkraken gibt's ja nur in den warmen Gewässern.«

Noch ein Schluck Rum und dann noch ein dritter, und der Admiral richtete sich auf. Die Brust heraus! Das Kinn in die Luft gereckt! Als stehe er an Deck eines stolzen Schiffes, bereit, allen Gefahren zu trotzen.

Er holte das Fernrohr aus der Tasche seines scharlachroten Rocks, zog es auseinander – bis zu einer Länge von einem Meter – und setzte es ans Auge. Nun konnte ich mir gut vorstellen, wie er früher einmal (sollte er je wirklich ein Freibeuter gewesen sein) an der Reling gestanden und die See nach lohnender Beute abgesucht hatte.

Da hörte ich entfernt leises Kläffen. Der Admiral erschrak so sehr, daß er beinahe sein Fernrohr fallen ließ. Wovor? Doch nicht etwa vor dem Hund, der offenbar den schmalen Weg vom Hafen zu uns herauflief.

»War das eben ein Hund?« fragte der Admiral.

»Ich glaub' schon.«

»Ein großer Hund, was meinst du?«

»Keine Ahnung. Wir werden es ja gleich sehen . . .«

Der Admiral blickte sich hastig um, als suche er nach einer Möglichkeit, schleunigst von diesem Felsen zu verschwinden. Aber es gab nur diesen einen Weg, und den kam offenbar ein Hund herauf.

»Fürchten Sie sich etwa vor einem Hund?« fragte ich.

»Pah! Fürchten! Aber man muß vorsichtig sein, nicht wahr? Piratenregel Nummer eins: Pinkle nie gegen den Wind, wenn du dir die Hosen nicht naß machen willst.«

Ich verstand nicht recht, was er damit sagen wollte. Was hatte das mit Hunden zu tun?

»Es gibt nichts«, sagte der Admiral, als könne er Gedanken lesen, »wovor ein alter Seeräuber wie ich sich fürchten würde. Aber ich hasse Hunde.«

Das spricht für ihn. Denn merke: Wer Hunde haßt, kann kein ganz schlechter Kerl sein.

»Es gibt nur etwas, was ich noch mehr hasse als einen Hund.«

»Was denn?«

»Na, zwei Hunde.«

Wieder hörten wir das Kläffen. Der Hund schien nun schon ganz nah. Und der Admiral war auf einmal ganz blaß. Vor zwei Minuten war er mir noch wie der Herr der sieben Meere vorgekommen, jetzt sah er wie ein kleiner furchtsamer Junge aus.

Captain Cook hatte die Augen aufgemacht, sein Nackenfell sträubte sich.

Dann sahen wir den Hund. Es war ein sehr kleiner Hund, eine schwer zu beschreibende Promenadenmischung, und er gehörte, das wußte ich, dem Bäcker unten im Hafen.

Erleichtert lachte der Admiral auf: »Da sieht man's wieder: Die kleinsten Köter kläffen am lautesten!«

Der Kater miaute etwas, was der alte Mann zu verstehen schien: »Du hast völlig recht, Captain Cook, das ist die Größe, die man am besten treten kann.«

Und wirklich ging der Admiral auf den kleinen Hund zu und holte mit seinem Walknochenbein aus. »Was meinst du, Captain Cook, wollen wir ihn den einfachen oder den doppelten Salto schlagen lassen.«
Der Kater gab einen seltsamen Laut von sich.
»Na schön«, meinte der Admiral, »einen dreifachen. Ich kann's ja mal versuchen.«
Ich weiß nicht, ob er den armen kleinen Hund wirklich getreten hätte . . .
Worauf du Gift nehmen kannst, mein Fräulein! Wenn er überhaupt was kann, dann das Hunde-Treten. Einmal hat er's geschafft, daß so ein kleiner Kläffer einen dreifachen Salto mit doppelter Schraube schlug.

Falls der Admiral hatte treten wollen, so kam er nicht dazu. Denn auf dem Weg stand plötzlich eine alte Frau, die Bäckerin. »Sie werden doch wohl nicht . . .!« schrie sie und holte mit ihrem Gehstock aus.
Und so standen sie einander gegenüber: der Admiral, der mit seinem Walknochenbein ausgeholt hatte, das auf den kleinen Hund zielte, und die alte kleine Frau, die mit ihrem Gehstock ausgeholt hatte, der auf den Kopf des Piraten zielte.
Als erster rührte sich – nein, nicht der Admiral und auch nicht die Bäckerin, sondern der Hund.

Er sprang dem alten Mann ans gesunde Bein und verbiß sich in der ausgefransten Hose. Da mußte der Admiral auch das andere Bein wieder auf die Erde setzen, weil er sonst das Gleichgewicht verloren hätte und umgefallen wäre.
»Einen netten Hund haben Sie da«, stotterte er, »und wie zutraulich er ist!«
»Komm her, Bello!« rief die Bäckerin, und der Hund ließ endlich ab vom Admiral. »Sie finden ihn wirklich nett, meinen Bello?«
»Ganz außerordentlich nett, meine Dame. Selten so einen netten kleinen Hund gesehen.«
Da ließ die alte Frau den drohend erhobenen Gehstock sinken. »Mein Gott«, seufzte sie, »und ich dachte schon . . .«
»Was dachten Sie?«
»Nun ja, es hat so ausgesehen . . . Entschuldigen Sie bitte, aber es hat wirklich beinahe so ausgesehen, als wollten Sie meinen kleinen Bello treten . . .«
»Aber ich bitte Sie!« rief der Admiral empört. »Wer würde denn so was machen! Ich liebe doch Hunde. Es gibt nur etwas, was ich noch mehr liebe als einen Hund.«
»Was denn?« fragte die Bäckerin.
»Na, zwei Hunde natürlich, hahaha!«
Was sag' ich! Der Alte ist doch wirklich der lügnerischste und hinterhältigste Kerl, der je die Meere befuhr!

Die alte Frau lachte mit. »Da bin ich aber wirklich froh«, sagte sie. »Ich hab' ja von Anfang an keine von diesen scheußlichen Geschichten geglaubt, die man über Sie erzählt hat.«

»Über mich hat man schlimme Geschichten erzählt?« fragte der Admiral, als könne er sich das gar nicht vorstellen.

»Aber ich hab' nie ein Wort davon geglaubt. Ich hab' Sie immer für einen anständigen Menschen gehalten. Und jetzt hab' ich den Beweis: Wer Hunde liebt, der kann kein schlechter Kerl sein.«

»Ich danke Ihnen.« Der Admiral nahm seinen Dreispitz vom Kopf und verbeugte sich galant vor der alten Frau. »Ich danke Ihnen für Ihr Vertrauen.«

»Und ich hab' den anderen, die sich über Ihre Kleidung lustig machen und die Sie deshalb für verrückt halten, immer gesagt, daß ich Ihre Kleidung ganz außerordentlich elegant finde und daß Sie bestimmt nicht verrückter sind als die meisten anderen auch.«

Der kleine Hund hob inzwischen an dem großen Stein, auf dem Captain Cook lag, sein Bein.

Igitt, igitt!

Der Kater sprang auf, fauchte den Hund an, zeigte ihm seine scharfen Krallen, aber Bello ließ sich, da er sich von seinem Frauchen beschützt wußte, nicht stören und pinkelte in aller Ruhe zu Ende.

Der Admiral plauderte charmant mit der Bäckerin, aber wie nervös er war, das konnte ich ihm deutlich ansehen. Erst als die alte Frau sich mit ihrem Hund wieder auf den Weg hinunter zum Hafen machte, da entspannte er sich.
Daß ein so kampferprobter alter Seebär sich vor Hunden fürchtet, das hättest du nicht gedacht, was? Würdest du nur einmal genau zuhören, wenn ich rede, so würde ich dir den Grund schon verraten. Ihn hat nämlich einmal, als er noch Schiffsjunge und Piratenlehrling war, ein großer Hund gebissen, und seither . . . Nun ja: Er fürchtet weder Tod noch Teufel – nur Hunde, die zu groß sind, als daß man sie sich mit

einem Tritt vom Leibe halten könnte. Aber was soll's? Jeder hat so seine kleinen Schwächen.

Ich verstand ihn gut, den Admiral, fürchtete ich mich doch selbst vor Hunden, auch vor ganz kleinen. Dabei hatte mich – solange ich mich erinnern kann – nie einer gebissen.

SECHSTES KAPITEL

Was an jenem Samstag abend im »Blauen Walfisch« geschehen war, konnte ich nie genau erfahren.
Alle, die dabeigewesen waren, schienen sich darin einig, daß der Admiral und Captain Cook diesmal mit einem Fremden getrunken hatten, den keiner in unserem Städtchen kannte.
Beim Bäcker konnte man hören, es sei ein vornehm, wenn auch ziemlich altmodisch gekleideter Herr gewesen.
Der Fleischer, der den Bäcker nicht leiden konnte, erzählte genau das Gegenteil: Wie ein Bettler habe der Fremde ausgesehen, zerlumpt und schmutzig und uralt.
Daß es zwischen diesem Fremden und dem Admiral zu einem fürchterlichen Streit gekommen sei, darin waren sich alle einig. Um die Frage, wer die Rechnung für Rum, Gin und Bier bezahlen müsse, sei es gegangen, sagte die Blumenfrau.
Die Zeitungsfrau hingegen wollte wissen, daß es um einen vergrabenen Schatz gegangen sei, den sowohl der Fremde wie auch der Admiral für sich beanspruchten, und das kam mir wahrscheinlicher vor.
Aus dem Streit mußte sich bald eine Schlägerei entwickelt haben, bei der angeblich die halbe Einrichtung des »Blauen Walfisches« zerstört worden war.
Da ich den Admiral und Captain Cook am frü-

hen Sonntagmorgen unverletzt und guten Mutes die Treppe hinaufgehen sah, mußten die beiden wohl Sieger geblieben sein. Trotzdem blieben sie in den nächsten Tagen in ihrem Zimmer, als wollten sie sich vor jemandem verstecken. »Wer immer nach uns fragt, du sagst, wir seien schon abgereist!« befahl mir der Admiral. »Und sag auch deinen Eltern Bescheid!«

Das tat ich, aber Mama und Papa zuckten nur die Achseln und taten, als wüßten sie gar nicht, von wem ich sprach. Von all dem Gerede in der Stadt schienen sie nichts zu wissen, oder es interessierte sie einfach nicht. »Im Winter will ich nichts hören und nichts sehen«, sagte Papa, »im Winter will ich nur meine Ruhe haben.« Oft kam es mir vor, als hätten meine Eltern unsere beiden Gäste einfach vergessen. Als ich einmal von ihnen erzählen wollte, da blickte Papa nur kurz von seiner Zeitung auf und murmelte: »Meinst du nicht, daß du auch einmal etwas anderes als Piratengeschichten lesen solltest?«

Im Grunde war ich froh darüber, daß meine Eltern sich nicht um den Admiral und seinen Kater kümmerten, so hatte ich – in gewisser Weise – die beiden Seeräuber ganz für mich allein. Übrigens blieben sie eine volle Woche in ihrem Zimmer, dann gingen sie wieder aus, als sei nichts geschehen.

Immer wieder verglich ich, was der Admiral und

Captain Cook bisher in unserem Städtchen getan und erlebt hatten, mit den vielen Piratengeschichten, die ich gelesen hatte. Und noch wußte ich nicht recht, wohin die Geschichte »meiner« Piraten sich entwickeln würde.
Es ging um einen Schatz, soviel war klar. Piraten geht es immer um einen Schatz, das kann man in jedem Piratenbuch lesen. Da kam zunächst der erste Fremde. Bestimmt hatte er den Admiral im Auftrag jenes zweiten aufgesucht, nach dem der Admiral und Captain Cook dann fast drei Wochen lang Ausschau hielten. Je länger ich darüber nachdachte, um so klarer wurde mir, daß dieser zweite Fremde ein alter Kumpan des Admirals war: Sie hatten gemeinsam die Meere befahren, viele große Schiffe gekapert, und eines Tages waren sie in den Besitz eines Schatzes gelangt, der auf einer einsamen Insel im Chinesischen Meer vergraben war. Den Schatz selbst hat niemand gesehen, aber sie besaßen eine Karte, mit deren Hilfe man den Schatz finden konnte. Und weil sie gerade ein Schiff mit wertvoller Fracht verfolgten und keine Zeit hatten, den Schatz zu heben, und weil sie einander wie alle Freibeuter nicht trauten, hatten sie die Karte in zwei Teile zerrissen. Und von da an trug jeder von ihnen die eine Kartenhälfte stets bei sich. Der Admiral versteckte sie, dessen war ich ganz sicher, in seinem Walfischbein. Seit

ich es neben seinem Bett hatte stehen sehen, wußte ich, daß es innen hohl war. Und so gute Freunde der Admiral und jener Fremde einmal gewesen waren, so kam doch der Tag, an dem sie sich zerstritten. Warum? Je länger ich darüber nachdachte, um so sicherer war ich, daß eine Frau im Spiel gewesen war. In den meisten Piratengeschichten, die ich kannte, spielte eine Frau eine Rolle, meist rothaarig und atemberaubend schön. Wegen dieser Frau war es damals zum Streit gekommen, und von da an gingen der Admiral und sein ehemaliger Kumpan getrennte Wege, und jeder von ihnen konnte an nichts anderes mehr denken, als wie er wohl an die andere Kartenhälfte und damit in den Besitz des Schatzes kommen könnte.
Die erste Fremde sollte für den zweiten erkunden, ob der Admiral auf seine alten Tage bereit war, noch einmal gemeinsame Sache mit seinem Exfreund zu machen. Zum Schein war der Admiral darauf eingegangen, um den anderen herzulocken und ihm die zweite Hälfte der Karte abzunehmen. Der aber, selbst ein hinterhältiger und hundsgemeiner Seeräuber, war auf der Hut und hatte die Karte zur Unterredung natürlich gar nicht mitgebracht. Und das hatte den Admiral so wütend gemacht, daß es zur Schlägerei gekommen war . . .
So mußte es gewesen sein. Ich war so stolz dar-

auf, daß ich es herausgefunden hatte, daß ich mit dem Admiral darüber reden mußte. »Heiliger Strohsack!« rief er. »Woher weißt du das alles?«

»Ich hab' einfach zwei und zwei zusammengezählt«, gab ich ihm zur Antwort.

»Und da hast du dich auch nicht verrechnet, mein Fräulein! Alle Achtung! Genauso, wie du es dir zusammengereimt hast, ist es nämlich. Ungefähr wenigstens.«

»Und wie geht es jetzt weiter?«

»Er kommt wieder, und wir warten auf ihn. Er muß wiederkommen. Er ist so alt wie ich. Keinem von uns bleibt noch viel Zeit, den Schatz zu bergen. Er muß versuchen, meine Hälfte der Karte zu bekommen, und ich muß versuchen, die seine zu kriegen. Notfalls werden wir um den Schatz kämpfen. Der Bessere wird siegen, und – hehehe! – der Bessere werde ich sein.«

»Warum bergen Sie den Schatz denn nicht gemeinsam?« wollte ich wissen.

»Weil das gegen alle Piratenregeln wäre. Um einen Schatz muß man kämpfen, denn sonst macht er überhaupt keinen Spaß.«

Richtig! So einfach, wie das kleine Fräulein sich die Seeräuberei vorstellt, ist sie nun wirklich nicht! Es gibt hundert strenge Regeln, die man beachten muß. So wie zum Beispiel jeder Pirat jedes Schiff, das er sichtet, kapern muß, ob er nun Lust dazu hat oder nicht, so kann ein Schatz nicht einfach geteilt werden.

Das ist nun einmal Piratenbrauch. Und wer sich nicht an diese Regeln hält, der wird ganz zu Recht aus dem Internationalen Dachverband der Seeräuber, Freibeuter und Piraten (IDSFP) ausgeschlossen!
Wir standen wieder auf der kleinen Halbinsel, wo ich zum ersten Mal länger mit dem Admiral gesprochen hatte. Mit seinem Fernrohr suchte er den Horizont ab, als erwarte er jeden Augenblick die Ankunft seines Rivalen.
»Und wenn Sie den Schatz kriegen, was machen Sie dann damit?« fragte ich.
»Na, ich verstecke ihn an einer der Stellen, die ich mein Leben lang gesucht habe.«
»Wieso verstecken oder vergraben die Piraten ihre Schätze eigentlich immer?« Das verstand ich nun wirklich nicht.
Und mich verstand der Admiral nicht: »Was sonst sollte man tun mit einem Schatz?«
»Zum Beispiel das Gold verkaufen und sich dann mit dem Geld ein schönes Leben machen.«
»Wenn du das Geld ausgibst, ist es ja kein Schatz mehr«, meinte der Admiral. »Außerdem, was meinst du mit schönem Leben? Es gibt kein schöneres Leben als das auf einem Piratenschiff. Und an Bord brauchst du kein Geld.«
»Also wird um einen Piratenschatz immer nur gekämpft, um ihn wieder verstecken zu können?«
»Genauso ist es, mein Fräulein.«

Na endlich hast du's begriffen! Wurde aber auch langsam Zeit!
Der Admiral ließ sein Fernrohr sinken, beugte sich zu mir herunter und flüsterte mir ins Ohr: »Jeden Augenblick kann der alte Halunke kommen. Und dann – hehe! –, dann wird er in die Falle tappen, die ich ihm stelle ...«

Seit ich von seinen Plänen wußte, betrachtete mich der Admiral als seine Komplizin. Siebzehn feierliche und schreckliche Eide mußte ich schwören, niemandem ein Sterbenswörtchen davon zu verraten. Lieber sollte ich mich in Stücke reißen oder von einem Haifisch fressen lassen; lieber sollte ich mein Lebtag kein Glas Rum mehr anrühren dürfen (was zu schwören mir leichtfiel); lieber sollte ich mich zehn Jahre lang bei fauligem Wasser und schimmligem Brot zu Ratten und Mäusen in den Laderaum sperren lassen (wovon mir schon ein wenig gruselte, vor allem vor den Ratten); lieber sollte ich mich freiwillig in den Rachen eines Wals stürzen, als auch nur ein Wort von den Plänen des Admirals zu verraten.
Nachdem ich alle diese Eide geschworen hatte, wollte der Admiral mit mir eine Flasche Rum darauf leeren, »damit die Schwüre auch wirksam werden«, und das konnte ich ihm nur mit großer Mühe ausreden.

Von da an dachte ich mir manchmal aus, mit dem Admiral und Captain Cook hinaus aufs Meer zu fahren. Auf einem richtigen Segelschiff. Kurs: Schatzinsel im Chinesischen Meer . . .

Siebtes Kapitel

Es wurde nun – kurz vor Weihnachten – wirklich Winter. Der Nebel, der vom Meer aufstieg, gefror sofort: Dicker pelziger Rauhreif wuchs auf den Bäumen, auf den Gartenzäunen und den Wäscheleinen. Sogar auf den Fernrohren, die der Admiral und Captain Cook stundenlang aufs Meer hinausgerichtet hielten.
Oft träumte ich in diesen Wochen von den beiden.
Einmal träumte ich, sie seien mit der Zeitmaschine, wie Daniel Düsentrieb sie für Dagobert Duck baut, aus einem fernen Piratenzeitalter zu uns gekommen.
Ein andermal träumte ich, daß mir der Admiral selbst erzählte, wie es ihn und seinen Kater in unsere Zeit verschlagen habe: »Wir fuhren hart am Wind die Küste von Labrador entlang, als plötzlich eine schwarze Wolkenwand vor uns aus dem Meer wuchs. Um ihr zu entkommen, hätten wir uns noch näher an die Küste heranwagen müssen. Aber wir fürchteten uns vor den Klippen, an denen unser Schiff gewiß zerschellt wäre. Außerdem zog uns die furchtbare Wolkenwand an, wie ein Magnet ein Stück Eisen anzieht. Wir waren in einen Sog geraten, aus dem es kein Entrinnen gab. Ganz nahe war die pechschwarze Wand schon, und uns blieb nicht einmal mehr Zeit, die Segel zu reffen. Dann hatte uns die Wand verschlungen. Auf einmal war es Nacht

um uns herum, und – heiliger Strohsack! – ein Sturm tobte, wie wir noch keinen erlebt hatten. Augenblicklich waren die Segel zerfetzt, der Mast gebrochen. Hilflos waren wir den tobenden Elementen ausgeliefert. Und das merkwürdigste war: Der Sturm wollte nicht enden. Jeden Tag spülten die Brecher einen von unseren Matrosen von Bord, so daß zu schlechter Letzt nur Captain Cook und ich übrigblieben. Es ist kaum zu glauben, aber der Sturm tobte zweihundert Jahre lang!«

Zweihundert Jahre! Eine ziemlich lange Geschichte, was?

»Das gibt's doch gar nicht!« wandte ich ein.

Aber der Admiral entgegnete (im Traum? oder doch in Wirklichkeit?): »So steht's in meinem Logbuch, also ist es wahr! Wie vielleicht sogar kleine Landratten wissen, trägt ein Kapitän Tag für Tag ins Logbuch ein, was auf seinem Schiff geschieht. Und ich hab' Tag für Tag und viele Seiten lang und mehrere Logbücher voll immer nur den einen Satz geschrieben: Der Sturm tobt unvermindert weiter. – Logbücher gelten überall als Beweis, wie du vielleicht weißt. Leider sind meine Logbücher ganz am Ende dieses schrecklichen Abenteuers mit einem guten Schiff untergegangen ...«

»Aber dann wären Sie jetzt ja ... was weiß ich: zweihundert oder sogar dreihundert Jahre alt!«

Der Admiral richtete sich kerzengerade auf und strich über seinen schwarzen Bart, in dem noch kein weißes Haar zu sehen war ...
Kein Wunder! Färbt er ihn doch jeden Tag mit schwarzer Schuhwichse!

Und ein wenig eitel meinte der Admiral: »Nicht wahr, du findest auch, daß man mir mein Alter nicht ansieht? Aber weißt du, wenn man tagtäglich gegen einen so mörderischen Sturm ankämpft, das erhält jung.«

Der Alte kämpft gegen den Sturm an? Daß ich nicht lache! Wo er doch schon bei Windstärke drei seekrank wird und kotzt, daß einem selbst ganz übel wird. Beim Klabautermann, darüber könnte ich dir Geschichten erzählen. Na ja, vielleicht ist es auch besser, wenn niemand davon weiß. Ein Pirat, der seekrank wird, ist so lächerlich wie ein Adler, der sich vorm Fliegen fürchtet ...

»Wo ist ihr Schiff denn untergegangen?« fragte ich.

»Na hier!« sagte der Admiral. »Keine zwei Meilen vor eurer Küste! Weshalb wären wir sonst gerade zu euch gekommen?«

Ich mußte es geträumt haben: Denn abgesehen davon, daß Menschen nicht so alt werden und Kater erst recht nicht, wovon hätten die beiden zweihundert Jahre lang auf dem Schiff leben sollen? Und überhaupt: So lange tobt kein Sturm!

Freilich fand ich (wenige Tage nach diesem Gespräch oder nach diesem Traum) am Strand die Überreste eines uralten Rettungsbootes. Jedenfalls sah es ganz anders aus als die Boote, die heute gebaut werden.

Als ich es mir jedoch, wieder einen Tag später,

noch einmal ansehen wollte, da war es verschwunden. Vielleicht von der Flut fortgespült, dachte ich. Aber dann war ich nicht sicher, ob ich nicht auch dieses Boot nur geträumt hatte. Ein paarmal wollte ich den Admiral fragen, ob er mir das alles wirklich erzählt hatte, aber ich traute mich nicht. Man wußte nie, wie er reagieren würde. Einmal war er so freundlich, als wären wir seit hundert Jahren befreundet, dann wieder schroff und abweisend.

Im Augenblick wollte er sowieso nur über die Falle reden, die er seinem alten Widersacher stellen würde. Bill Bones heiße er, und ich überlegte, wo ich den Namen schon einmal gehört oder gelesen hatte. Und auf einmal wußte ich auch, daß ich von den zweihundert Jahren Sturm nur geträumt haben konnte, denn sonst hätte ja auch dieser Bill Bones mehr als zweihundert Jahre alt sein müssen. Was für eine Falle ihm gestellt werden sollte, das erzählte der Admiral nicht einmal mir. (Das kränkte mich ein wenig. Hatten wir nicht alle diese Eide geschworen, daß wir von nun an Komplizen sein würden?) Nur daß die Falle zuschnappen und Bill Bones, »der elende Halunke«, darin festsitzen würde und die Schatzkartenhälfte endlich herausrücken müßte, das wiederholte er in einem fort. Mehr verriet er mir nicht.

Mach dir nichts draus! Mir sagt er's auch nicht. Das

kann nur eines bedeuten: Er weiß es selber nicht. Sonst würde er es sagen. Er hat noch nie etwas für sich behalten können: ein richtiges Plappermäulchen. Du ahnst nicht, in was für Schwierigkeiten uns das schon gebracht hat.

Achtes Kapitel

Manchmal war ich enttäuscht über den Admiral und Captain Cook. Ich hatte gehofft, sie würden ein bißchen Leben in unsere winterlich verschlafene Stadt bringen. Das müßte, dachte ich, eigentlich ganz einfach sein.

Denn so friedlich, wie es aussah, war unser Städtchen nicht. Alle, die hier leben, verdienen an den Touristen, die im Sommer kommen, aber jeder mißgönnte dem anderen, was er verdiente. Man war freundlich zueinander, aber hinterrücks schimpfte jeder über jeden.

»Sie werden noch einmal ersticken an ihrer verlogenen Freundlichkeit«, sagte Papa. »Freundlichkeit gehört zum Fremdenverkehr. Die Gäste erwarten, daß die Wirte, die Bootsvermieter und Eisverkäufer freundlich sind, auch wenn ihnen gar nicht danach zumute ist. Also haben sich alle freundliche Masken aufgesetzt, und die nehmen sie jetzt nicht einmal mehr im Winter ab.«

»Und was wäre, wenn alle ihre Masken abnähmen?« fragte ich.

»Dann würden wir uns wahrscheinlich streiten, daß die Fetzen fliegen«, sagte Papa, »aber danach würden wir uns bestimmt viel wohler fühlen.«

Im stillen hatte ich gehofft, dem Admiral gegenüber würden sie ihre freundlichen Masken fallen lassen. Aber nein! Da lebten ein einbeiniger, einäugiger alter Mann im Piratenkostüm und ein einäugiger, dreibeiniger Kater unter uns, aber niemand regte sich wirklich darüber auf. Man tuschelte über sie, wie man auch im Sommer manchmal über besonders seltsame Gäste tuschelte. Aber sie waren Gäste, und Gäste hatten nun einmal ein Recht auf Freundlichkeit. Und dann, Ende Januar, geschah doch etwas. Es begann mit dem Gerücht, der Admiral habe den kleinen Tabakladen unten im Hafen überfallen und ein Päckchen Kautabak geraubt. Natürlich war das Quatsch: Seit ich ihn kannte, hatte der alte Pirat noch nie Tabak gekaut.

»Aber wer sonst sollte es gewesen sein!« sagte die Frau im Tabakladen. »Alle, die immer schon hier gelebt haben, sind ehrliche Menschen, also kann es nur ein Zugereister gewesen sein.« Das wunderte mich nicht, denn wenn die Bewohner des Städtchens auch so freundlich zu den Gästen waren, so mißtrauten sie ihnen heimlich doch. Als der Admiral, Captain Cook und ich dann ein paar Tage später den Platz am Hafen überquerten, um auf den Felsen über der Hafeneinfahrt zu steigen, da traf es sich, daß gerade die Sonne schien und ein paar Leute beieinander standen, darunter der Hafenmeister und seine Frau.

»Da! Seht ihn euch an, den hinterhältigen Räuber!« sagte die Frau des Hafenmeisters so laut, daß der Admiral es hören mußte. Aber der drehte sich nur um und streckte ihr die Zunge heraus.

»Huch!« rief da die Hafenmeisterin erschrocken.

Und von ihrem Mann verlangte sie, den frechen Kerl augenblicklich zur Rede zu stellen. So eine Unverschämtheit sei ihr in ihrem ganzen Leben noch nicht widerfahren.
Der Hafenmeister, gutmütig wie er war, rief dem Admiral nach: »Das machen Sie nicht noch einmal, ja! Sonst . . .«
»Was sonst?« fragte der Admiral und ging auf den Hafenmeister zu, der gut einen Kopf kleiner war, weshalb er sich sofort hinter seiner Frau versteckte.
Das wiederum konnte der Bootsvermieter, der mit dem Hafenmeister von Kindheit an befreundet und einen Kopf größer war als der Admiral, nicht mit ansehen. Er stellte sich dem alten Piraten in den Weg und sagte leise: »Wenn Sie meinen Freund anrühren, dreh' ich Ihnen den Hals um, verstanden!«
Das gefiel der Hafenmeisterin ganz und gar nicht. »Misch dich nicht ein!« fuhr sie den Bootsvermieter an. »Mein Mann, der Hafenmeister, wird schon allein mit diesem ungezogenen Rüpel fertig!«
»Ach was!« lachte der Admiral und wollte weitergehen. »Ihr könnt mich alle mal!«
»Haha!« kreischte die Hafenmeisterin. »Das könnte Ihnen so passen, Sie Flegel! Zuerst eine Dame beleidigen und sich dann einfach aus dem Staub machen! Nein, nein, so geht das nicht!« Sie

stieß ihrem Mann den Ellbogen in die Rippen: »Tu endlich was! Du weißt, was dir sonst zu Hause blüht!«
Der Bootsvermieter, der zu wissen schien, wie es im Hause des Hafenmeisters zuging, lachte. Daraufhin hieb ihm die Hafenmeisterin ihren Regenschirm über den Kopf. Der Bootsvermieter hob die Arme. Das wurde vom Tankwart und vom Eisverkäufer, die zufällig vorüberkamen, falsch verstanden. Sie wähnten die Frau in Gefahr, wollten ihr zu Hilfe kommen, und innerhalb von wenigen Sekunden entstand ein Handgemenge, wo bald keiner mehr wußte, wer eigentlich gegen wen kämpfte.
Der Admiral, Captain Cook und ich standen daneben und schauten vergnügt zu.
Der Eisverkäufer, dem die Nase von einem heftigen Hieb des Regenschirms blutete, rief: »Wir wollten Ihnen doch nur zu Hilfe kommen!«
Der Hafenmeister fuhr ihn an: »Wer braucht schon eure Hilfe! Kümmert euch gefälligst um euren eigenen Kram!« Gleich darauf schrien alle sechs aufeinander ein, und ihr Geschrei lockte eine Menge Leute aus den umliegenden Häusern an. Sie hörten eine Weile zu, verstanden aber nichts und fingen schließlich selbst zu schreien an. All die Männer und Frauen schienen etwas auf dem Herzen zu haben, was sie schon lange einmal hatten herausschreien wollen.

Der Admiral beugte sich zu mir herunter und flüsterte mir zu: »Zufrieden?«
Ich verstand nicht, was er meinte.
»Hast du dir nicht gewünscht, daß ich ein bißchen Leben in eure Stadt bringe?« fragte er und lachte. »Dabei ist das erst der Anfang.«
Auch der Schuldirektor wohnte in einem der Häuser am Hafen. Vom Fenster sah er die Menschenmenge. Er dachte, da würde wieder einmal darüber diskutiert, ob die Stadt noch mehr neue Hotels für die Touristen brauche. Das war sein Lieblingsthema, darum zog er sich schnell einen Mantel an, lief hinaus auf den Platz und setzte zu einer Rede an. Zum hundertsten Mal wollte er den Leuten die schädlichen Auswirkungen des Fremdenverkehrs vor Augen führen.
Ein widerlicher Kerl! Und wie beim Reden seine Spucke nach allen Seiten spritzt! Die Leute sollten ihre Regenschirme aufspannen!
Zuerst achtete niemand auf den Schuldirektor. Dann aber waren die Leute vom Schreien erschöpft, und man hörte, wie der Schuldirektor gerade ausrief: »Wir dürfen nicht auch noch das letzte Stückchen unberührte Küste verkaufen!«
»Der hat leicht reden«, schrie der Bootsvermieter, »der kriegt an jedem Monatsersten sein Geld vom Staat!«
Gleich darauf schrien all die Leute auf den Schuldirektor ein. »Blöder Kerl«, »Schmarotzer« und

Touristen?
NEIN DANKE!!
ANTI-HOTEL
DEMO
RETTET
DIE
KÜSTE!!

»windiger Tintenkleckser« waren noch die freundlichsten Wörter, die sie ihm zuriefen.

Da packte den Schuldirektor, der sich schon lange mißverstanden fühlte, die Wut: Er trat dem Bootsvermieter ans Schienbein, der sich dafür mit einer schallenden Ohrfeige bei ihm bedankte.

»Na also«, sagte der Admiral zufrieden, »endlich kommt ein wenig Schwung rein.«

Fast zur gleichen Zeit ohrfeigte am anderen Ende des Platzes der Lebensmittelhändler den Tabakhändler, mit dem er in Streit lebte, seit dieser auch Kekse, Schokolade und Waffeln verkaufte. Das war der Auftakt dazu, daß sich nun plötzlich jeder mit jedem prügelte.

Und zwar mit solchem Eifer, daß man meinen könnte, sie alle hätten schon lange auf eine solche Gelegenheit gewartet.

Ins allgemeine Ohrfeigenklatschen hinein schrie der Schuldirektor wieder: »Wir dürfen nicht noch das letzte Stückchen unberührte Küste verkaufen!«

Und eine Männerstimme fragte: »Kann denn niemand diesem Idioten das Maul stopfen?«

Woraufhin die Bäckerin, die eben vom Einkaufen kam, dem Schuldirektor eine Sellerieknolle in den Mund stopfte. Als er sie wieder herausnahm, hingen seine falschen Zähne daran.

Das erheiterte alle so sehr, daß sie mit dem Ohrfeigenverteilen aufhörten. Jetzt mußten sie einfach nur lachen. Und obwohl ihre Wangen brannten, fühlten sie sich – so sah es aus – auf einmal wunderbar erleichtert.

Jaja, nichts tut der Seele so wohl, als jemandem ein paar Maulschellen zu verpassen!

»War's ungefähr das, was du dir erwartet hast?« fragte mich der Admiral.

»Viel mehr als das«, sagte ich.

Neuntes Kapitel

Einmal«, erzählte mir der Admiral, »erlitten wir Schiffbruch, wie alle ehrlichen Seeräuber einmal Schiffbruch erleiden. Captain Cook und ich konnten uns, nachdem wir sieben Tage und zwölf Nächte hilflos im Meer getrieben waren ...«

»Sieben Tage und zwölf Nächte«, fragte ich, »wie geht denn das?«

Tja, mein Fräulein, das frage ich mich auch!

»Unterbrich mich nicht! – Wir konnten uns mit letzter Kraft auf eine kleine Insel retten. Eine winzig kleine Insel weit draußen im Pazifik, wo er am pazifischsten ist. Dort lebt ein Volk, von dem die Seefahrer seit Jahrhunderten reden, das aber nur wenige selbst gesehen haben. Es ist, du wirst es mir nicht glauben ...«

»Aber ich glaub' Ihnen doch alles, Herr Admiral.«

So was hört er gern, der Alte.

»Es ist das Volk der Riesenzwerge. Hast du schon einmal davon gehört?«

»Nicht, daß ich wüßte.«

Wir standen wieder an der Spitze jener Halbinsel, auf der ich zum ersten Mal länger mit dem Admiral gesprochen hatte.

Mit mir, dem Kater, dem weithin bekannten Captain Cook, hast du ja nie sprechen wollen. Und falls du dich nicht bald dazu entschließt, dann wird es zu spät sein, denn der Winter geht zu Ende.

Man konnte bereits den Frühling ahnen, an manchen Tagen glaubte ich ihn sogar schon riechen zu können, aber ich war nicht so froh darüber, wie in den Jahren zuvor.

In drei Wochen schon sollten die ersten Angestellten zurück in unser Hotel kommen, um es für die Saison in Schuß zu bringen. Und in vier Wochen würde man die weißen Stühle und die weißen Tische auf die Terrasse stellen . . .

Der Admiral schien schon seit Tagen ein wenig nervös. Fast den ganzen Winter lang hatte er das Meer ruhig und geduldig beobachtet, nun tat er auf einmal, als dränge die Zeit. Sogar jetzt, während er mir seine Geschichte erzählte, schaute er durch sein Fernrohr. Das hatte er sonst nie getan.

»Also, wie ist das mit den Riesenzwergen?« fragte ich, damit er weitererzählte.

»Im Grunde sind es Zwerge, aber ziemlich groß für Zwerge.«

»Wie groß denn?«

»Na, ein Riesenzwergenkind in deinem Alter ist ungefähr so groß wie du.«

»Und ein erwachsener Riesenzwergenmann?«

»Der ist ungefähr so groß wie ich.«

»Und was ist da Besonderes dran?«

»Also hör mal, wenn das nichts Besonderes ist, daß ein Zwerg so groß ist wie ich, dann weiß ich nicht! Aber noch seltsamer als ihre für Zwerge geradezu riesenhafte Größe sind ihre Sitten und Gebräuche . . .«

Der Admiral schien in den Wellen etwas entdeckt zu haben. »Captain Cook! Siehst du das auch, was ich sehe?« fragte er.

»Wenn du die Flasche da draußen meinst«, gab der Kater zur Antwort, »die seh' ich auch.«

Zuerst beachtete ich gar nicht, daß der Kater gesprochen hatte. Erst als er sagte: »Das könnte eine Flaschenpost sein . . .«, fiel es mir auf.

»Hast du dir denn nicht genau in diesem Augenblick gewünscht, ich könnte reden?« fragte er mich.

»Ja, schon . . .«

»Na, also. Warum wunderst du dich dann? Ich versuch' ja schon die ganze Geschichte lang mit dir zu reden, aber du hast es bis jetzt nicht gewollt.«

»Schluß mit dem Palaver!« befahl der Admiral. »Wir müssen die Flaschenpost bergen.«

Das war leichter gesagt als getan. Immer wieder tanzte die Flasche auf einem Wellenkamm bis fast ans Ufer heran, aber jedesmal zog sie sich mit der auslaufenden Welle wieder ein Stück zurück. Wenn sie nur nicht an den Felsen zerschellte! Ich kniete mich auf einer weit vorspringenden Klippe hin und hoffte, die Flasche zu fassen zu kriegen, aber mein Arm hätte zwei Meter lang sein

müssen ... Daß ich von oben bis unten naß von der Gischt war, das war der einzige Erfolg.
»Danke, daß du's versucht hast«, sagte der Admiral. »Aber das ist nichts für kleine Landratten. Laß mich mal ran!« Er zog seinen Säbel und holte aus der tiefen Tasche seines scharlachroten Rocks eine lange Schnur hervor. Das eine Ende band er am Griff des Säbels fest, das andere verknotete er zu einer Schlinge. Dann nahm er den Säbel vorsichtig bei der Spitze in die Hand, warf die Schlinge aus – und hatte tatsächlich schon beim zweiten Versuch die Flasche aus dem Wasser gefischt.
»Heiliger Strohsack«, sagte er, als er mein Gesicht sah, »das ist ja nicht die erste Flaschenpost, die ich krieg'.«
»Red nicht so viel!« verlangte Captain Cook. »Mach lieber die Flasche auf! Ich möcht' wissen, wer uns schreibt.«
Jetzt erst sah ich, daß wirklich ein Stück Papier in der Flasche steckte. Der Admiral holte es heraus und ließ ein triumphierendes Lachen hören.
»Was ist es denn?« fragte ich.
Aber der alte Freibeuter antwortete nicht. Er setzte sich rasch auf einen Felsen, schnallte sein Walknochenbein ab und entnahm ihm die eine Hälfte der Schatzkarte. Er legte sie vor sich hin und hielt das Papierstück aus der Flasche dane-

ben: Es paßte, es war die zweite, die fehlende Hälfte.
»Hat Bill Bones, der alte Schuft, also endlich aufgegeben!« jubelte der Kater (was sehr merkwürdig klang).
»Er hat gewußt, daß es keinen Sinn hat, sich mit uns beiden anzulegen!«
»Na, dann los!« rief Captain Cook. »Worauf warten wir noch? Wann fährt das nächste Schiff ins Chinesische Meer?«
Ich erschrak. »Ihr wollt weg?« fragte ich.
»Das wußtest du doch von Anfang an, daß wir nur den Winter über bleiben würden«, sagte der Kater leise.
»Ja, ich glaub', das wußte ich.«
Auf einmal hatten es der Admiral und Captain Cook sehr eilig.
Zurück ins Hotel und packen und dann zum nächsten größeren Hafen!

Als wir von der kleinen Halbinsel auf die Uferstraße kamen, fragte ich: »Wollt ihr nicht noch ein wenig bleiben? Ein paar Wochen. Oder ein, zwei Jahre. Jetzt, da ihr die ganze Karte habt, läuft euch der Schatz doch nicht davon . . .«
»Was sollen zwei alte Seebären wie wir unter all den halbnackten, sonnenölverschmierten Touristen!« lachte der Admiral. Und damit hatte er wohl recht. Obwohl . . .

»Ach, den Touristen würdet ihr bestimmt gefallen.«
»Meinst du?« fragte der Kater.
Plötzlich hatte ich eine Idee: »Von Mai bis Ende September fährt ein Ausflugsdampfer die Küste entlang: für die Touristen, denen es am Strand langweilig ist. Allerdings ist die Fahrt auch ziemlich langweilig. Wär' das nicht toll, wenn dieser Dampfer von Piraten überfallen würde? Der Fremdenverkehrsverein könnte ein altes Segelschiff kaufen und als Freibeuterschiff ausrüsten lassen . . . Mensch, das würde den Touristen gefallen, von echten Seeräubern ausgeplündert zu werden!«

Der Admiral schüttelte ungläubig den Kopf: »Die wären verrückt, wenn es ihnen gefiele, daß wir ihnen ihr Geld, den Schmuck und die Kameras abnehmen.«

»Es wäre natürlich nur zum Spaß«, sagte ich. »Man müßte ihnen später alles wieder zurückgeben.«

»Heiliger Strohsack! Weißt du überhaupt, was du uns da vorschlägst?« Der Admiral hatte die Brauen zusammengezogen, das eine Auge starrte mich böse an. »Du schlägst uns vor, wir sollten bloß ein bißchen Seeräuber spielen.«

»Na ja«, meinte Captain Cook, der Kater. »Man sollte vielleicht einmal drüber reden, was man uns dafür bezahlen würde.«

»Nie im Leben geb' ich mich für so was her!« brüllte der alte Mann. »Nicht für einen Sack voller Flöhe! Nicht einmal für einen Wald voller Affen!«

Wir waren auf der Küstenstraße schon bei den ersten Häusern angelangt, bald würden wir unser Hotel sehen, und dann . . . Ich mußte es noch einmal versuchen.

»Ihr müßtet auch nicht mehr im Hotel wohnen. Der Fremdenverkehrsverein würde euch bestimmt den alten Turm oben auf dem Felsen über der Hafeneinfahrt überlassen«, sagte ich. »Der steht schon lange leer. Früher haben dort angeblich einmal Piraten gewohnt.«

»Nicht angeblich, sondern tatsächlich«, sagte der Admiral. »Ich selbst hab' darin gewohnt.«
»Wann war denn das?«
Er grinste auf einmal: »Ein paar Donnerstage ist das wohl schon her.«
Hinter den Bäumen an der Straße tauchte unser Hotel auf, Captain Cook blieb stehen. »Ich selbst finde deinen Vorschlag gar nicht so übel«, sagte er, »aber der Admiral hat natürlich recht: So was kann ein Pirat nicht tun – nur zum Schein rauben und plündern und die Beute danach wieder zurückgeben. Aus allen Piratenverbänden würde man uns mit Schande ausstoßen, in keiner Hafenkneipe der Welt würde uns noch einer ein Glas Rum geben, und das wär' wahrhaftig das Schlimmste, was uns geschehen könnte.«
»Wenn ihr nicht hierbleiben könnt, dann nehmt mich mit ins Chinesische Meer!« sagte ich plötzlich.
Darauf gab Captain Cook keine Antwort, und ich wußte ja selbst, daß es unmöglich war.
Vor der Hoteltür blieb der Admiral noch einmal stehen. »Hab' ich dir je von China erzählt?« fragte er.
»Nur von der Schatzinsel im Chinesischen Meer.«
»Für ein Weilchen haben wir in China gelebt, Captain Cook und ich, und das ist erst etliche Jahrzehnte her«, erzählte der Admiral. »Wenn es

in China Winter wird, dann kommen manchmal aus den Wäldern die Affen in die Städte. Man weiß nicht, ob bloß aus Neugier oder aus Angst vor dem Winter. In China glaubt man, daß auch die Affen eine Seele haben wie die Menschen, die Affen werden jedenfalls gepflegt und gefüttert, bis es wieder Frühling wird. Dann bringt man die Affen in die Wälder zurück, man fährt sie auf Wagen hinaus aus den Städten, oder man setzt sie auf Eisenbahnwaggons . . . Und man hofft, daß die Affen im nächsten Winter wiederkommen.«

Ich hatte gedacht, der Admiral und Captain Cook würden eine ganze Weile zum Packen brauchen, aber am nächsten Morgen war das Zimmer über mir leer.
»Haben die beiden überhaupt ihre Rechnung bezahlt?« fragte meine Mutter beim Frühstück.
»Natürlich nicht«, lachte Papa, »aber das kann man von zwei hundsgemeinen, hinterhältigen Piraten wohl auch nicht erwarten, oder?«
»Wißt ihr, was seltsam ist?« fragte Mama. »Sie haben ihr Zimmer ordentlich aufgeräumt, aber überall liegt Staub. Fast so, als hätte den ganzen Winter über niemand drin gewohnt.«
Lange hörte man in unserem Städtchen nichts von den beiden. Dann wollte ein alter Fischer wissen, man habe sie in einer norwegischen Ha-

fenstadt gesehen. Die Zeitungsfrau wollte gehört haben, sie seien am Kap der Guten Hoffnung gesichtet worden. Der Bäcker hatte in einer Illustrierten von einem Piratenüberfall bei den malaiischen Inseln gelesen. Daran seien der Admiral und Captain Cook ganz gewiß beteiligt gewesen.

Dann bekam ich eine Ansichtskarte von Rio de Janeiro, die freilich in Hamburg abgestempelt war.

»Mein liebes kleines Fräulein«, schrieb darauf der Admiral in altmodisch verschnörkelten Buchstaben. »Leider haben wir, als wir in der Nacht an Bord gingen, in der Eile das falsche Schiff bestiegen und sind statt im Chinesischen Meer in Südamerika gelandet. Aber ich glaube inzwischen ohnehin, daß Bill Bones uns hereingelegt hat. Seine Hälfte der Karte ist bestimmt nicht echt. Wie ja übrigens meine Hälfte auch nicht echt ist. Laß es Dir gutgehen, kleines Fräulein, und sei gegrüßt von Deinem Admiral, dem Schrecken der sieben Weltmeere und aller umliegenden Gewässer!« Captain Cook hatte sich auf der Karte mit einem Pfotenabdruck verewigt.

Was das nun wieder zu bedeuten hatte, daß beide Hälften der Schatzkarte falsch sein sollten, darüber mußte ich bei Gelegenheit nachdenken. Und auch darüber, was der Admiral mir kurz vor seiner Abreise über die Riesenzwerge hatte erzählen wollen. Aber es war inzwischen Mai geworden, längst war das Hotel wieder voller Touristen. Nach der Schule mußte ich in der Küche und beim Servieren helfen. Da konnte man unmöglich einen klaren Gedanken fassen. Doch nach dem lauten Sommer würde unvermeidlich wieder ein verschlafener, langweiliger Winter kommen. Zeit zum Nachdenken. Auch zum Geschichtenausdenken.